拉维洛的织匠马南

乔治·艾略特 著

刘小强 王晓燕 译

西北大学出版社

·西安·

图书在版编目（CIP）数据

拉维洛的织匠马南／（英）乔治·艾略特著；刘小强，王晓燕译. —西安：西北大学出版社，2023.12
ISBN 978-7-5604-5252-4

Ⅰ．①拉… Ⅱ．①乔… ②刘… ③王… Ⅲ．①长篇小说—英国—近代 Ⅳ．①I561.44

中国国家版本馆 CIP 数据核字（2023）第 218257 号

拉维洛的织匠马南
LAWEILUO DE ZHIJIANG MANAN

乔治·艾略特　著
刘小强　王晓燕　译

出版发行　西北大学出版社
（西北大学校内　邮编：710069　电话：029-88303404）
http://nwupress.nwu.edu.cn　　E-mail: xdpress@nwu.edu.cn

经	销	全国新华书店
印	刷	西安博睿印刷有限公司
开	本	787 毫米×1092 毫米　1/16
印	张	12.5
版	次	2023 年 12 月第 1 版
印	次	2023 年 12 月第 1 次印刷
字	数	166 千字
书	号	ISBN 978-7-5604-5252-4
定	价	48.00 元

本版图书如有印装质量问题，请拨打 029-88302966 予以调换。

目录

第一部

第一章	/ 2
第二章	/ 14
第三章	/ 22
第四章	/ 34
第五章	/ 41
第六章	/ 46
第七章	/ 57
第八章	/ 63
第九章	/ 71
第十章	/ 78
第十一章	/ 93
第十二章	/ 112
第十三章	/ 118
第十四章	/ 126
第十五章	/ 139

第二部

第十六章　　　　　　　／ 142
第十七章　　　　　　　／ 157
第十八章　　　　　　　／ 168
第十九章　　　　　　　／ 173
第二十章　　　　　　　／ 183
第二十一章　　　　　　／ 186

尾声　　　　　　　　　／ 190
译后记　　　　　　　　／ 193

第一部

第一章

  在那个农家纺线车终日忙忙碌碌、嗡嗡纺线的年代,在那个甚至穿丝绸衣服、戴亚麻纱花边①的高贵淑女也有抛光橡木做的玩具纺车的年代,偏僻地区的乡村小路上,或是深山里,人们会看见一些脸色苍白、个子矮小的男子。要是站在结实强壮的乡下人旁边一比,他们看上去就像哪个没落种族的遗民。当某个这样模样奇怪的人趁着冬日的暮色出现在高地,牧羊人的狗就会汪汪狂吠,因为哪只狗会喜欢这么一个弯着腰背着沉重袋子的身影呢?而没有那个神秘的包袱,这些脸色苍白的人则很少出门。牧羊人自己呢,虽然他很有理由相信那袋子里不过是亚麻线,或是线织成的又长又结实的亚麻布卷而已,可他还是有些怀疑,觉得虽然织布这个行当必不可少,可是完全没有魔鬼的协助,可能进行不下去。在那个遥远的年代,非常不同寻常的人或物的出现,哪怕只是断断续续或偶然的情形,都很容易让人产生迷信,比如像小贩或磨刀人的到来。人们无从得知,这些漂泊不定的人家在哪里,是什么出身。最起码,你

---

① 16、17世纪欧洲王室贵族的专用品,是身份与财富的象征,价值比黄金白银还高,后被平民化,但仍被视作奢侈品。

要认识某人，而这人认识那个人的父母，否则你怎么解释那个人是个什么来头呢？对昔日的农民们来说，他们自己直接经验之外的世界是一个模糊神秘的区域。他们没有四处旅行过，所以认为，流浪就像春天才飞回的燕子在冬天里的生活，令人难以捉摸。即使某个人定居下来，但是如果他来自哪个遥远的地方，人们基本上对他还是有些不信任；要是他虽然长期以来并无不良行为，可后来犯了罪，那么大家绝不会感到惊奇，尤其当这个人懂点知识，或是拥有某项手工技能。不论是快速运用那个难驾驭的工具——舌头，还是村民们不熟悉的其他技巧，这些灵巧的东西本身就令人怀疑。诚实的乡亲，从出生到成长，大家有目共睹，大多不会过于聪明伶俐和灵巧——最多也就是会看看天气征兆而已。对他们来说，任何获得快速熟练技巧的过程全都遮遮掩掩，都像变戏法。于是，那些从城镇分散，来到乡村的亚麻布织匠，最终被乡邻们视作外星来客，通常都因为独来独往而沾染上许多怪癖。

这一世纪早年，就有这么一个叫作赛拉斯·马南的亚麻布织匠，住在拉维洛村附近一片坚果树篱中的一幢石屋里，离一个废弃的采石坑不远。赛拉斯的织布机那可疑的声音，与扬谷器发出的那欢快的突突声，或是老式打谷具连枷发出的单调的节奏完全不同，令拉维洛村的男孩子们感到既害怕又着迷。他们常常停下摘坚果、掏鸟窝，从石屋的窗户往里偷窥。虽然织布机一动一动很神秘，令他们有些敬畏，但是他们同时又在那里嘲笑它轮番的噪声，嘲笑织布匠弯腰驼背踩踏车似的姿势，所以那点儿敬畏又被他们得意扬扬、轻蔑不屑的优越感抵消了。然而有时候，要是马南停下来调整线，碰巧觉察到这些小混蛋在偷看，这时，即便他很珍惜时间，可因为他非常讨厌他们的骚扰，就会下了织布机，打开门，瞪着他们，足以把他们吓得撒腿就跑。他们怎么可能相信，其实赛拉斯苍白的脸上那双大而突出的棕色眼睛根本看不清离得不太近的东西。他们又怎可能不相信，那样恐怖的凝视会使得跑在最后的人腿肚子抽筋，或是让他得上软骨病，或变成歪嘴。他们也许听父母透露过，赛拉斯要是愿意，就能治好乡亲们的风湿病。大人们还更隐秘地暗示，你只要讨好、买通和赛拉斯一路的魔鬼，他可能会省了你瞧医生的钱。这种奇怪的、古老的魔鬼崇拜在那些勤劳、头发灰白的农人中间，甚至到现在还仍旧回响着、流连不去。要让乡野之人把上帝与仁慈怜恤联系起来，还着实有些困难。他们模糊地认为，通过祈祷，就可以讨好上帝，使自己免于招致灾祸。这就是那些总是被基本生活需求紧紧压迫着的人心中无影无形的神明的形象。他们艰苦劳作的生活从未被热情洋溢的宗教信仰照亮。对他们来说，痛苦和不幸要比幸福和喜悦更有可能出现：他们的想象贫瘠不毛，缺乏内容，所以难以产生欲求和希望。他们的想象中，有的只是如同丛生的杂草一般的回忆，像一片永远牧养着恐惧的草场。"你想想有什么想吃的东西吗？"我曾经这么问过一位病得奄奄一息的干活人，他一直拒绝吃妻子端来的所有食物。"不"，他回答说，"除了常吃的饭食，别的我都不习惯，我不会吃的。"在他身上，经验培育不出任何想象，能够激起胃口的幽灵。

在拉维洛村，许多这样古老的声音仍旧回响着，流连着，没有被新的声音淹没。这并不是因为它属于处于文明边缘的荒凉教区，只有羸弱的羊群和寥寥无几的牧羊人。相反，它位于我们有幸称作"快乐的英格兰"平原中心的富饶地带，拥有众多农场。如果从教会的角度看的话，这些农场缴付着非常令人满意的农产品十一税①。村子舒适地坐落在一个林木葱茏的山谷里，离每一个路税关卡②都得骑马一个小时才可到达。无

---

① 农产品十一税：英国历史上地主将农场收入的十分之一上缴，用以维持英国国教。
② 路税关卡：欧洲各国从古时起设卡收费，以支持道路建设和维护。英格兰从1706年起，设路税关卡管理公司，全权负责英格兰和威尔士主要道路的维护，19世纪70年代逐渐废除。

论是马车的号角声,还是公众舆论,都传不到这里。村子显得神气十足,中心地带有一座古老优雅的教堂和宽阔的教堂庭院。紧邻大路,坐落着两三家宽敞的砖石庄院,拥有围着围墙的果园,装饰着风向标①,前门一派宏伟气象,更是赛过牧师府。而牧师府则掩映在茂密的树林之中,从教堂庭院的另一边窥视着外边。这里,村子最高级的社交生活展露无遗,告诉富有经验的眼睛,拉维洛村附近没有高贵的庄园和领地,倒是有几家大户人家。战争年代,他们轻松自在地随意耕作,从中轻松赚到足够多的金钱,过着喧闹欢乐的日子,乐陶陶、醉醺醺地庆祝着圣诞节、圣灵降临节②和复活节③。

十五年前,赛拉斯·马南初次来到拉维洛村。那时他只是个普普通通的年轻人,脸色苍白,一双棕色的近视眼向外突出,外表在一般人看来并无任何稀奇。可是周围的村里人却觉得他很神秘,与众不同,这一方面是由于他那不一般的职业,一方面还因为他来自大家一无所知的"北边"。他的生活方式也很古怪:他从不邀请别人进自己家,从不溜达到村子里,在彩虹酒馆喝上一品脱酒,或是去箍轮匠的铺子里聊聊天。无论男女,他从不有求于谁,除非人家有事找他,或者他需要买生活必需品。很快,拉维洛村的姑娘们也明白了,他永远不会强她们所难,催促她们中的某一个接受他做丈夫,好像他曾经听她们断言才不会嫁一个死了又活过来的人,才这么做似的。对马南的这种看法还有另外一个根据,那就是,他的脸毫无血色,眼神异样。偷猎鼹鼠的杰姆·罗尼信誓旦旦地

---

① 风向标:显示风向的装置,一般做成公鸡形状。
② 圣灵降临节(Whitsun):也称作 Whitsunday,复活节后第七个星期天,庆祝五旬节(犹太教逾越节 Passover 后第 50 日的收获节)的盛会。
③ 复活节:3 月 21 日或该日后月圆以后第一个星期日。

告诉大家,有一天晚上他回家,看见马南靠在梯级①上,一个沉重的包袱扛在肩上,而不是像正常人一样放在梯级上。他走上前,发现马南的眼神呆呆的,像死人一样。他跟马南搭话,还摇马南,可马南四肢僵硬,两手像铁做的一样,紧紧抓着自己的包袱。他刚刚以为这织布匠死了,可像人们常说的,眨眼工夫马南又好了,道了声"晚安",就走开了。罗尼赌咒说他确实看到所有这些情形,主要是通过比画暗示说明,就是他去卡斯乡绅田里逮鼹鼠的那天,经过老矿坑。有些人说,马南那会儿肯定是"晕过去"了,这词似乎能很好地解释令人难以相信的事。但是爱争辩的教区执事梅西先生却直摇头,质问大家,谁见过"晕过去"了却没有跌倒,还能走路的人。"晕过去"就是中风,不是吗?中风的性质不就是,某人四肢的功能部分丧失,然后被推给教区嘛,如果此人没有儿女照顾的话。不是,不是,人中了风绝不会两腿还能站住,像马套在辕上一样,你喊一声"驾"立马就能走。倒是有可能啊,这个人的灵魂跟他的躯壳结合得不紧密,像鸟儿进出鸟巢一样,一会儿出来,一会儿进去。有些人变得过于聪明就是因为这个,因为他们就是在这种灵魂脱离躯壳的状态下,去学校找那些可以教给他们比邻居们用五种感官加上牧师的教导学得更多的东西。还有,马南师傅这么愿意用草药——再加上符咒——给人治病,那么他又是从哪儿学到这些的呢?杰姆·罗尼讲的那件事在那些亲眼看见马南是怎么治好了萨莉·奥茨的人看来,并不足以为奇。两个多月来,尽管萨莉一直在看医生,可她的心脏跳得身体要爆炸,而赛拉斯却能让她像个婴儿般安静地睡着。他要是愿意,还可以医治更多的乡亲。不管怎样还是要讨好他,哪怕只是为了别让他加害于你。

  正是得益于人们这种隐隐的惧怕,马南才得以免受因自己的孤僻而可能遭受的迫害。不过相邻的塔雷教区的老织匠去世了,马南更得益于

---

① 梯级:在田间栅栏或围墙上设的阶梯,专供人出入,而家畜不能跨越的装置。

自己的好手艺，这个地区富有一些的主妇们非常欢迎他定居此地，甚至那些一年到头也会攒点亚麻线、节俭的村民也欢迎他。他对大家有用这一点本来可以减弱人们对他的厌恶和怀疑，当然这种厌恶和怀疑并非因为他为他们织的布质量欠佳、缺斤少两。可是，光阴一年一年过去，邻人对马南的印象并无任何改变，只不过从新鲜变成习惯罢了。十五年后拉维洛人关于赛拉斯·马南的说法，与十五年前的毫无二致：他们倒不常谈论他，可要一说起来，对他的看法就更加确信无疑。岁月倒是给人们的议论增添了一项重要的内容，那就是，马南师傅积攒了一大笔钱藏在哪儿，用这钱他可以买点产业，使自己的身份更高一些，成为一个"大点儿的人物"。

　　不过，尽管大家对他的看法几乎没有什么变化，他的日常习惯看上去也很少有所改变，可是他的内心生活却有过一段历史，经历过一场蜕变。每一个热情洋溢的人躲进或被宣判过孤寂的生活之前，肯定都经历过这样的蜕变。在他来拉维洛之前，他的生活充满了干活、思想活动和组织成员之间的亲密交流。那时和现在一样，这是一个手艺人早早就加入某个教义褊狭的教派的标志。这种教派中，即使最穷苦的普通教众，只要他们口才好，都有机会脱颖而出，在他们组织的管理中，某个人哪怕不发表意见，可他至少还有投票权，也有点分量。马南在那个自称灯笼大院教议会的小小隐秘组织中名声很好。他被认为信仰热诚，堪称年轻人的榜样。而且大家后来又对他产生了特别的兴趣，因为他曾在一次祷告会上，非常神秘地身体僵直，失去意识达一个多小时之久，被误以为是死了。赛拉斯自己、牧师以及其他教会成员认为，如果去给这个现象寻求医学解释，那就是故意与这件事里面神灵启示的深刻含义相脱离。赛拉斯很明显是上帝拣选、接受特殊训练的一个弟兄。虽然在他神志不清时，并没有看见属灵异象，令解释这种特殊训练的努力大受其挫，然而他自己与其他人都相信，它增加了大家对光明和热忱的信心，这个效果有目共睹。要是个没他老实的人,恢复记忆之后也许就会受到诱惑,编造说自己看见了什么异象。脑子糊涂一些的,也就会相信这样的胡编乱造。可是赛拉斯脑子既不糊涂,又很老实。像许多诚实热诚的人一样,他的整个生活没有给他提供任何渠道,让他能够了解神秘的事情,反而掩盖了他探求知识的正确道路。他从母亲那里继承了一些认识和配制草药的才能——那是她庄重地赠给他的一笔小小的智慧遗产。但是后来他很怀疑运用这种知识是否符合上帝的律法,因为他相信,没有祷告,草药不会有疗效,而即使没有草药,祷告也能满足人的需求。所以,在田野里四处寻找洋地黄、蒲公英、款冬所带来的乐趣,慢慢让他觉得是魔鬼的一种诱惑。

他们教会中有一个年轻人,年龄比他稍大一些。他和这个人长期以来一直是亲密的朋友,俩人好得,他们灯笼大院的弟兄们习惯把他们叫作"大卫和约拿"①。这个朋友的真实姓名叫威廉·戴恩,也被大家认为是虔诚青年的优秀典范,虽然他对软弱一些的弟兄有点过于严厉,而且喜欢炫耀自己,老显摆自己比老师②还聪明。但是无论别人怎样看透威廉的缺点,在朋友马南的心里,他毫无瑕疵,因为马南生性易受别人影响,爱自我怀疑,在经验不足的年龄,很崇拜专制,爱依赖驳斥。由于缺乏特别的观察力,马南脸上的表情更显得轻信、单纯,还有大而突出的眼睛里小鹿似的凝视,这些都与威廉·戴恩隐藏在他窄而斜的眼睛里和紧

---

① 大卫和约拿:大卫(David)当王之前,屡次受到以色列王扫罗(Saul)的追杀,而扫罗之子约拿单(Jonathan)却是大卫的朋友,奋力救他。约拿单后被非利世人所杀,大卫非常悲痛,为他作哀歌(见《圣经·旧约·撒母耳记》上十八、十九、二十章,下第一章)。

② 典出《圣经·新约·马太福音》10:24-25,原文为:"学生不能高过先生;仆人不能高过主人;学生和先生一样,仆人和主人一样,也就罢了。人既骂家主是别西卜(鬼王的名,译者注),何况他的家人呢?"

闭的嘴唇上，抑制内心的耀武扬威、自鸣得意，形成鲜明的对照。两个朋友之间最常谈论的话题是对救赎①的信心。赛拉斯坦承，自己最多只是胆怯地希望得到救赎。带着向往和好奇，塞拉斯倾听威廉断言，自从他初信时梦见看到打开的圣经里一页白纸上写着"所蒙的恩召和拣选坚定不移"②以来，他一直对救赎拥有毫不动摇的自信。许多面色苍白的织匠经常两两一起，交谈这样的话题。他们没受过培育的灵魂好似幼小的有翅昆虫，扑扇着翅膀，被抛弃在黄昏的暮色里。

在毫无戒心的赛拉斯看来，甚至当他另有更亲密的关系之后，他们之间的友谊似乎也没有冷淡下来。几个月前，他和一个年轻女仆萨拉订了婚，只等着两人共同的积蓄再稍微增加一些，他们就结婚。礼拜日他们见面时，萨拉并不反对威廉偶尔在场，令马南非常高兴。也正是在这一时期，赛拉斯在祷告会上发作了僵直性昏厥。他的弟兄们很感兴趣，一个劲儿地询问，可是威廉一人的看法却很不一样，他并不像其他人那样，认为这个弟兄被上帝单独拣选出来，要发挥特殊作用。他对马南说，马南的神志不清更像是魔鬼撒旦的拜访，而不是上帝的眷顾。所以他极力劝说他的朋友，看看自己灵魂深处是否隐藏着什么受诅咒的事情。赛拉斯觉得，弟兄的指责和训诫是对自己的帮助，自己应该接受，所以他并没有反感，而只是感到很痛苦，因为朋友怀疑他。不久又雪上加霜，

---

① 救赎：基督教认为，只要相信上帝、接受耶稣为救主，即可得到救赎。因此，马南已经得到救赎，他却不自信，说明当时许多信徒并不真正理解自己的信仰。本段最后一句也说明了这一问题。加尔文教派坚持无条件的选择，即认为神选择每一个得救恩的人是全凭神的旨意，不取决于那是个什么样的人；坚持有限的救赎，即认为耶稣只为被神拣选的人而死；坚持不可抗拒的恩典，即认为当神呼召一个人得救恩时，那个人最终会得救恩。

② 见《圣经·新约·彼得后书》1：10。原文为："所以弟兄们，应当更加殷勤，使你们所蒙的恩召和拣选坚定不移。"

他察觉萨拉对他的态度摇摆不定，有时努力做作地关心他，有时又显得不情不愿，退退缩缩，很讨厌他。他问她是否希望解除他们的订婚关系，可她却又否认这一点：他们订婚教会众所周知，而且还在祷告会上得到了承认，不经过严格的调查无法了断，而萨拉又提供不出任何理由，让大家赞成他们解除关系。正在此时，教会的年老执事病危，因为他没有儿女，又是个鳏夫，所以昼夜由一些年轻的弟兄姐妹轮流照顾。赛拉斯与威廉经常轮在晚上陪护，在凌晨两点两人换班。老人与大家的期望相反，病情似乎正在好转，然而赛拉斯那晚坐在他的床边，观察到他平常能听得到的呼吸停止了。蜡烛的火苗很小，他不得不把它端起来，好把病人的脸看清楚些。经过一番审视，他确信执事已死，而且已经死去多时，因为执事的四肢已经变硬。赛拉斯暗自寻思，难道自己睡着了？他抬头看看钟表，已是凌晨四点。威廉怎么没来？他焦急万分，连忙跑去找人帮忙。很快，屋子里聚集了几位朋友，牧师也在其中。赛拉斯则去工作，心里希望能碰见威廉，问问他没有来的原因。但是到六点钟，他正想去找他的朋友，威廉来了，同来的还有牧师。他们来传唤他去灯笼大院，参加教会成员的会议。当他询问为何传唤他时，唯一听到的回答是："你会知道的。"赛拉斯没有再说什么，直到到了礼拜堂附属室，坐在牧师的面前。他感到那些上帝子民代表的目光庄严地落在他的身上。接着，牧师拿出一把小刀，出示给赛拉斯，并问他是否知道把这把刀放在哪儿了。赛拉斯回答说，他记得小刀一直在自己的口袋里。但是听到这样奇怪的讯问，他浑身发抖。然后他们劝说他，不要隐藏自己的罪恶，要坦白交代，悔过自新。小刀是在已故执事床边的写字台里被发现的——那里放着一小袋教会的钱，牧师自己前一天还曾见过。某个人动了那个袋子；而除了小刀的主人，还会是谁拿走了呢？好一会儿，赛拉斯惊讶得说不出话来，然后他说："上帝会洗刷我。我一点也不知道小刀怎么会在那儿，也不知道钱怎么丢了。搜我的身，还有我的住所。除了我自己攒的三英镑五先令,你们找不出别的。威廉·戴恩知道这是我这六个月来攒的。"听到这话,威廉嘟囔了几句,但是牧师说道:"证据有力,对你非常不利,马南弟兄。钱是昨晚被偷的,而除了你,没有人和我们去世的弟兄在一起。因为威廉·戴恩向我们言明,他突然生病,没能像往常一样去值班。你自己也说了,他没有来。再有,你没照管好遗体。"

"我肯定是睡着了。"马南说。停顿了一下之后,他接着补充道:"要么,就是你们以前见过的我的那种情形又来了,所以当我的灵魂不在我身体里面,而是在外面的时候,小偷进来,拿钱跑了。但是,我想再说一次,搜我的身和我的住所,因为我别的哪儿也没去过。"

他们做了搜查,结果,威廉·戴恩在赛拉斯卧室的五斗橱后边,发现那个众所周知的钱袋夹在那儿,钱袋还是空的!这时,威廉劝说他的朋友快去坦白,别再隐瞒自己的罪行。赛拉斯扭头,痛苦、责备地看了他一眼,说道:"威廉,九年以来我们一直同进同出,你可曾见过我说过谎?上帝会洗刷我的嫌疑。"

"弟兄,"威廉说,"我怎么知道你心里有什么秘密的勾当,让撒旦有机可乘,控制了你?"

赛拉斯一直看着他的朋友。听到威廉的话,他脸上立刻一片通红,可正当他准备猛烈回击时,似乎内心又一阵震惊,抑制住了他,脸上的红潮褪去了,他颤抖不已。但是终于,他看着威廉,说话了,声音微弱。

"我记起来了——小刀不在我的口袋里。"

威廉说:"我不明白你什么意思。"其他在场的人却开始询问,赛拉斯说的小刀在哪儿。但是他不愿再作解释,只是说:"我太伤心了,什么也不想说。上帝会洗刷我。"

再次回到礼拜堂附属室后,他们又继续商讨。任何诉诸司法机构调查犯罪嫌疑人的做法,都与灯笼大院教议会的原则相违背,因为根据这样的原则,基督徒就不会受到迫害,而且教会也会少出丑闻。但是教会成员有义务采取其他措施，找出事情的真相。他们因此决定祷告，然后抓阄①。那些不熟悉城镇小巷中隐秘宗教生活的人，对这样的决定可能会感到很惊奇。赛拉斯与他的弟兄们一起跪下，指望上帝立刻干预，证明他的无辜，但是他仍感到伤心和悲哀，因为那时他对人的信任已经被残忍地挫伤了。抓阄的结果表明，赛拉斯·马南有罪。他被严肃地取消了教会成员的身份，被要求交出偷了的钱。只有坦白交代，悔过自新，他才能被教会的怀抱重新接纳。马南听着，默默无语。最后，等每个人都起身离开了，他走到威廉·戴恩面前，声音因激动而颤抖着，说道——

"我记得最后一次用我的小刀，是我拿出来给你切一条皮带。我记得后来没有放回口袋。你偷了钱，你设了套，把罪过放在我的门口。你会飞黄腾达的，不过如此：世间没有公正的上帝公义地掌管世界，而只有说谎的上帝，提供证言，陷害无辜。"

这渎神的话令他俩都打了个激灵。

威廉心虚地说道："我要让弟兄们判断这是不是撒旦的声音。我只能为你祈祷了，赛拉斯。"

可怜的马南带着对信仰的绝望，走了出去——那是对上帝与人的信任动摇了。这对一个心地忠诚的人来说，简直就等于精神错乱。忍受着灵魂受伤的痛苦，他对自己说道："她也会抛弃我。"他想，如果她不相信针对他的证词，那么她的信仰也会像他那样颠覆掉。有些人习惯用理性推导出与自己的宗教感受相结合的宗教仪式。在他们看来，很难进入赛拉斯那简单、没受过教育的心灵。在他心里，他的宗教感受与宗教仪式永远不会被理性思维分割开来。我们可能会想，一个人处于马南的境地，本应该不可避免地质问，用抓阄这种仪式来寻求神的判断是否有效。

---

① 抓阄：《圣经·旧约》中有几次提到拈阄，以便在做决定之前辨别上帝的旨意。

但是对于马南，这可是他从不知晓、独立的思想斗争。其实，当信仰落空，当他所有的动力都变成了深深的痛苦之时，他肯定也做过此类斗争。如果有天使记录下人们的悲伤和罪恶，他就会知道，人们因为自己错误的观念而产生的悲痛有多多、多深，而对自己的错误观念，却没有人去反省。

马南回到家，一整天一个人坐在那里，绝望得发愣，没有任何冲动去找萨拉，试图赢得她的信任。第二天，为了逃避丧失信仰后的麻木，他回归织布机，像以往一样，用工作打发时间。好几个小时以前，牧师和一个执事给他带来了萨拉的口信：她取消和他的订婚。赛拉斯一言不发地接受了这个口信，然后转身离开送信人，重新回到织布机前织起布来。几乎不到一个月之后，萨拉与威廉·戴恩结了婚。此后不久，灯笼大院的弟兄们得知，赛拉斯·马南离开了这个城镇。

当一个人突然被流放到一个新的地方，周围的人对他的历史一无所知，与他的思想毫无共通之处——大地母亲展开和以前不一样的怀抱，人们的生活方式与以前滋养他灵魂的也全然相异，这时，即便是那些受过教育、经历过多种多样生活的人，有时甚至也发现，很难一直保持以往对生活习惯性的看法，很难保持对无影无形的神明的信仰，而且很难相信自己过去确实经历过欢乐和悲伤。和以前的信仰与热爱断绝了关系的人，也许都寻求自我放逐来忘却一切。在这个过程中，过去变得如梦幻一般，因为所有代表过去的事物都已消失，而现在也如梦幻一般，因为它与任何回忆毫无牵连。但是，即便是这些人也很难想象，远离故乡和故人，到拉维洛定居，对像马南这样一个单纯的织匠有什么影响。他的故乡坐落在山坡上，绵延的群山四周可见。而这一地区却完全不同，地势低洼，林木茂密。他觉得树木和树篱像屏障一样，把他隐藏、遮蔽起来，甚至连天空也看不见了。当在宁静的早晨醒来，望着门外带着露珠的荆棘和郁郁葱葱、密密匝匝的草地，他觉得这里与以灯笼大院为中心的生活——那个曾经对于他犹如神赐的祭坛的地方——没有任何关系。石灰涂抹的墙，教堂里小小的座位，熟悉的身影悄悄进入时窸窸窣窣的声音，一声接一声耳熟的、独特的祈祷声，说着那既神秘又熟悉的语句，像是戴在心上的护身符；还有那讲道坛上，正在宣讲不容置疑的教义的牧师，用大家早已习惯的样子拿着书，身体前后摆动；还有那每两行赞美诗歌之后短短的停顿，不断重复、洪亮饱满的歌声。这些曾经是影响马南教会生活的渠道，是培育他宗教感情的家园，是基督教的信仰，是上帝在世上的国度。在赞美诗本里还会发现生词的织匠对抽象的事物一无所知，如同小孩子不明白父母之爱，只知道伸出胳膊寻求保护和养育时，要找那张脸、那个膝头。

和灯笼大院相比，拉维洛的生活又如何不同呢？懒洋洋、疏于管理，却果实累累的果园；坐落在宽阔庭院当中的宏大教堂，礼拜时间懒散地从自家门口观望的男人；沿着乡间小路溜达，或拐进彩虹酒馆、面孔紫糖的农人；还有那各个家户，那里男人们晚饭大大饱餐一顿，在傍晚壁炉的火光中沉沉睡去，女人们则一个劲儿积攒亚麻，似乎在为来世做准备。拉维洛没有谁会对赛拉斯·马南说教，重新激活他麻木的信仰，让他感到失去信仰的痛苦。我们知道，在世界早期，人们相信每一地区都由各自的神祇居住、掌管，所以，一个人可以跨越边界，离开故乡神祇的控制，因为这些神祇的活动范围只局限于他出生地的小溪、森林和山丘。而可怜的赛拉斯与那些原始先民一样，也模糊地产生了类似的意识，出于恐惧和悲伤，逃离了故乡，逃离了不详的神祇。在他看来，故乡街上、祷告会上他曾经徒劳信任的神的力量，似乎离他避难的这片土地非常遥远。这儿的人过着漫不经心、富足的日子，不知道、也不需要那种对他已变成痛苦的信仰。他心中的希望之光本来只有窄窄一道，而对信仰的绝望犹如一面宽阔的帷幕，把那光遮挡得严严实实，给他带来夜晚般的漆黑。

那次震惊事件过后他的第一个动作，就是回到织布机前，开始工作。他毫不休止地继续干着，从不问自己为什么。现在他来到拉维洛，一直织布到深夜，超出奥斯古德太太所预期的，提前织成她的亚麻台布——事先根本没考虑她会给他多少工钱。他像一只蜘蛛，织布纯粹出于冲动，而无任何深思熟虑。每种工作，如果人一直锲而不舍地干下去，工作本身慢慢就会变成一个目标，在他的生活中架上桥梁，帮他渡过那无爱的深渊。赛拉斯的手满足于来回扔着梭子，眼睛满足于看着布上的小方块图案在他的努力下慢慢成形。接下来，饥饿在召唤他。赛拉斯呢，不得不在孤独寂寞中为自己准备早饭、午饭和晚饭，不得不自己去井边打水，不得不自己把水壶放到炉火上。与织布一道，所有这些即时要做的事情，使他渐渐沦为毫不质疑、机械织布的昆虫。他憎恶回想过去，也没有什么呼唤他，对这里的陌生人付出爱和友情；未来一片黑暗，因为没有上帝那看不见的大爱关心爱护他。他的思想完全迷失了，过去那条狭窄的思维之路也被封堵了；最敏感的神经受到重创，他的情感似乎枯干了。

但是奥斯古德太太的亚麻台布终于织好了，赛拉斯得到了金币作为酬劳。在故乡他是给批发商干活儿，所以他挣的钱很少；他拿的是周工资，每周的收入还大部分用于虔诚和慈善。而现在，有生以来第一次五个金光闪闪的畿尼放到了他的手上；没有人要和他分享，他谁也不爱，也不会与谁分享。然而这几个畿尼对他这个除了日日织布之外看不到任何前景的人来说，又算什么呢？不过，这个他无须过问，因为在手掌之中抚摸它们，看着全部属于自己的金币那亮闪闪的外表，他感到非常愉快。这是他生活的另一组成部分，同织布、满足饥饿的吃饭一样支撑着他的生命，与以前充满信仰与爱心，后来却又将他孤立出来的生活离得很远。从手掌心还没长开的时候，这个织布匠就已经知道触摸辛苦钱是什么感觉了。过去二十年来，神秘的金钱对他来说象征着尘世上的好东西，是辛勤工作的直接目标。那些年，每一个便士对他都有用途，他似乎不太爱钱，因为那时他爱的是钱的用途。但是现在，钱的所有用途都失去了，带着一种成就感看着钱、紧紧抓住钱的习惯形成了一片深深的沃土，足以让欲望的种子生根发芽。暮色中，当赛拉斯穿过田野朝家里走去的时候，他拿出那几个金币，感到在幽暗的夜光下它们更加金光闪闪。

大概恰在这时，发生了一件事，似乎使他和邻居们有了产生交情的可能。一天，他拿着一双鞋去修，看见鞋匠的妻子坐在炉火边，心脏病发作，全身浮肿，非常难受。这也是他母亲去世前的先兆。看到这一幕，又回忆起母亲，他一时同情心大发。他想起母亲曾用洋地黄简单配制成药来缓解症状，所以既然医生治不好她，他答应萨莉·奥茨去给她弄点药减轻她的痛苦。自从来到拉维洛村，赛拉斯头一次从这一善举中感到，他过去和现在的生活统一了起来。这也许是个开端，会把他从昆虫一般的生存状况下解救出来。但是萨莉·奥茨的病已经使她成了邻居们大感兴趣、相当重要的人物。因此，她喝了赛拉斯·马南弄的那"东西"病就好多了这件事，一下子成了大家谈论的话题。吉博医生给人开药，产生效果那很自然，可是一个谁也不知道打哪儿来的织匠，用一瓶棕色的什么水儿创造了奇迹，这个过程显而易见非常神秘玄妙。自从塔雷的神婆死了以后，还从未发生过这样的事情。神婆有护身符，还有"灵药"，不管谁家孩子犯了病，都去找她。赛拉斯·马南肯定也是同一种人，因为他要是不比神婆知道更多，他怎么会清楚用什么东西让萨莉·奥茨的呼吸顺畅起来？神婆还念念有词，嘟嘟囔囔，谁也听不清楚。要是从孩子小的时候起，她给他的大脚趾上绑上一条红线，孩子的脑子里就不会进水①。就在当时，拉维洛还有妇女脖子上一直戴着神婆给的小包。结果呢，她从未像安·考尔特那样生下痴呆孩子。赛拉斯·马南非常有可能也会干这些，而且会得更多。这一下，他如何不知从哪儿冒出来，又如何长得那么"滑稽"，现在全弄清楚了。但是萨莉·奥茨一定要留神，别告诉医生，否则他肯定会和马南过不去。他一直很生神婆的气，还总是威胁说，谁去

---

① 指脑积水（Hydroce Phalus），颅内脑脊液增加，导致脑袋变大，多发于小孩。

找神婆，就别想再找他看病。

这下子，赛拉斯发现，人们突然频频光顾他的小屋，对他纠缠不休：母亲们跑来求他用避邪符赶跑自己孩子的百日咳，或者让他帮忙增加奶水；男人们想要点药水治好自己的风湿病或是手上因痛风而产生的痛风石。怕他拒绝，这些求医人手里还攥着银币[①]。赛拉斯本来可以用符咒和他小小一点儿药物知识大赚一笔，可是这样赚钱对他来说毫无吸引力：他从未想过骗人。他越来越恼怒，把他们一个接一个赶走，因为他是个神汉的消息甚至已经传到了塔雷。过了好久，远道而来求他治病的人才慢慢没有了。然而，人们对他施展巫术的希望最后转变成了对他的恐惧，因为没有人相信他说的自己不懂用符咒，不会治病。而且，每个找过他的男男女女过后突发什么事故，或是重新发病，都把自己的不幸归于马南师傅的恶意和他恼怒的眼神。就这样，他怜悯萨莉·奥茨的行为虽然让他感到了短暂的友好之情，但是没过多久，他和邻人之间的嫌隙反而加剧了，令他更加孤立。

渐渐地，马南的畿尼、克朗、半克朗攒到了一堆，他也不断缩减自己的需要，以尽可能少的支出，维持每天工作十六个小时所需的体力。不是有人被单独关禁，在墙上画直线打发时间，聊以自慰，以至直线增多，组成三角形图案，成为主宰他生命的意义吗？我们不也在无聊时或漫长的等待中，重复某些细小的动作或声音来消磨时间，以至最后这种重复让人产生依赖，开始养成了习惯吗？这些都有助于我们理解，在有些人身上，热爱攒钱怎么慢慢变成令他们神往的激情，虽然积攒的开始并没有显现任何目的动机。马南希望自己的十个金币继续增加，组成一个正方形，再越来越多，组成一个更大的正方形。每一个增加的金币尽管本身就令他满足，却也滋生新的欲望。对他来说，这个陌生的世界好似一个毫无希望、难以

[①] 手里还攥着银币：英国古时银币上有一面印有十字架，所以，攥着银币一方面是打算付给马南钱，一方面是借十字架给自己带来好运。

解答的谜题,要是他的性格不那么极端,他可能就会坐在那儿织啊织——盯着那图案慢慢织到尽头,也可以说是盯着包裹自己的网慢慢织就——直到他忘掉谜题,忘掉一切,只剩下自己当时的知觉。但是他的金钱不断打断他织布的进程,钱不仅在增多,而且一直陪伴着他。他开始觉得他的金币认识他,像他的织布机一样。他决不会用这些已变成他的知己的金币,去交换其他没见过面的金币。他触摸着它们,数着它们,直到最后,看着它们的形状、颜色,他有如干渴得到满足。不过,只有在晚上,他的工作干完了,他才把它们取出来,享受它们的陪伴之乐。他从织布机底下的地板上挪开几块砖,在砖下边挖了个洞,放上存贮金币和银币的铁罐,每次把钱放回原处后,在砖头上盖上一层沙子。他没有怎么想过钱会被偷,那个年代,乡村地区秘密藏钱很普遍。大家都知道,拉维洛教区老一辈的干活人总把积蓄放在身边,也许塞进床垫的毛絮里。不过他们质朴的邻居们,虽然不是所有人都像他们阿尔弗雷德大帝①时期的老祖先们那样诚实正直,胆子却还没大得敢去谋划偷窃钱财。在自家村子里花偷来的钱怎么可能不被人发现呢?只能"跑掉"——这条道儿就像气球在天上飞,前途一片黑暗,很是靠不住。

  这样年复一年,赛拉斯·马南在孤寂中生活,铁罐里的金币在增加,而他的生活范围却越来越狭窄,越来越冰冷无情,变得与任何别的存在无任何关系,只剩下那点对金钱的欲望和满足还在悸动。他的生活萎缩得只有织布和攒钱,从不去想何时是个头。如果切断了信仰,没有了爱,更聪明的人可能也会经历同样的过程,只不过不像马南那样埋头于织布和攒钱,他们也许会沉湎于深奥的研究、精巧的设计,或缜密的理论之中。马南的脸和身子很奇怪地皱缩、弯曲,变成实现生活目标、按部就班的机器,给

---

① 阿尔弗雷德大帝(King Alfred):公元9世纪英格兰国王。他经过多次失败之后,最终将入侵的维京人(Viking,8世纪至10世纪欧洲海岸的北欧海盗)赶出英格兰。

人的印象是像个弯曲的柄把或是弯扭的管子，如果拆离了生活目标就毫无意义可言。他那过去轻信的、梦幻般突出的一双大眼睛，现在看上去似乎只是为了四处搜索像小谷粒那样很小的某样东西而造的一样。他是如此干枯黄瘦，以至虽然不到四十，孩子们总管他叫"马南老师傅"。

然而，在这样枯干萎缩的状态下，发生了一件小事，表明他情感的汁液还没有完全失去。每天，他的任务之一是去两块田之外的井边打水。一来到拉维洛村，为了打水，他弄了一个陶罐，寥寥无几的家什中他最珍爱这个器具。十二年来，陶罐一直陪伴着他，总是站立在同一个地方，每天清晨总是向他伸出把手，所以在他看来，陶罐是他心甘情愿的帮手。手掌心握着它的把手，提着新鲜的清水，让他感到了一份满足。一天他从井边返回，在梯级台阶上摔了一跤，棕色的罐子猛地掉在下边渠里伸出来的石头上，碎成了三片。赛拉斯捡起碎片，伤心地把它们带回家。陶罐再也没有用了，可他把碎片拼在一起，仍旧竖立在老地方，留作纪念。

这就是赛拉斯·马南来到拉维洛后十五年来的生活历史。漫长的日子里，他坐在织布机前，满耳听到的是织布机单调枯燥的声音，弓着背，眼睛凑得很近，看着给自己织的棕色迷网慢慢成形。他的肌肉这样不变地重复着，稍稍停顿则如同呼吸被抑制一样。但是到了夜晚，他就开始狂欢作乐。一到晚上，他就拉上百叶窗，紧紧关上房门，然后拿出他的金钱。很久以前，钱币攒得太多，铁罐里装不下，他做了两个厚厚的皮袋子。原来的地方一点都没有浪费，因为软软的袋子刚好占满了洞里的每个角落。金币从幽暗的皮口里吐了出来，多么闪亮啊！银币的数量没有金币那么多，因为他的活儿大多线量很大，织的布很长，人家付给他的总是金币多。银币呢，他用以支付他的生活需要，老是选先令和六便士花。他最爱畿尼，可他也不愿换掉银币——克朗和半克朗也是他辛苦劳动赚来的。他爱所有钱币。他把它们倒成一堆，双手埋在里面。然后他开始数它们，把它们码成整整齐齐的一摞一摞，手指抚摸它们，感受着它们圆圆的轮廓，天真地想着布就要织完快要到手的金币,好像它们是还没出生的婴儿。梦想着以后,他整个一生无数个不断织啊织的日子里,源源不断而来的金币在自己面前铺展开来,没有尽头。难怪当他去取线送布,穿过田野,走过乡间小道时,他的心思仍旧在他的织布机和金币上,以至他的脚步从不在树篱间流连,从不在小路边停下,寻找曾经熟知的药草。寻找药草同样也属于过去,而他的生活早已远离了过去,好似一条小河深深沉入宽阔、两岸芳草萋萋的河道以下,又从不毛的沙漠里流出细细潺潺的一股清泉,慢慢流出一条小沟。

但是在大约第十五年圣诞节的时候,马南的生活经历了第二次巨大的改变,他的历史奇特地与邻居们的生活融为一体。

拉维洛地位最高的人是乡绅卡斯。他住在教堂斜对面的那幢大红宅里,门前有漂亮的石头台阶,屋后是高高的马厩。他是此地几个地主中唯一荣拥"乡绅"这一头衔的,因为虽然奥斯古德家族也源远流长,拉维洛人从来不敢追溯到奥斯古德家族尚不存在的可怕时期,可是他拥有的也仅仅是自己的农庄,而卡斯乡绅却有一两个租户,常来向他抱怨地里属于乡绅的野物糟蹋了庄稼等情况,好像他是个贵族老爷似的。

那仍是辉煌的战争年代①,上帝对地主们仍有一份特别的关照,价格下降还没有慢慢把小乡绅和自耕农推向毁灭,而挥霍奢侈的习惯,不知节俭、拙于持家,足以给这毁灭火上浇油。我现在谈论的是像拉维洛这样的教区。当人散布生活在不同地方,不断被灌输着种种思潮——从上天吹来的气息,到人们的思想观念——而且这些总是四处流动,相互交叉影响,导致不计其数的不同结果,所以,老式的各处乡村生活往往呈现出不同风貌。拉维洛地势较低,位于丛丛灌木和崎岖不平的乡间小路

---

① 战争年代:1799—1815 年的拿破仑战争。从此可以看出第一章的时代是在 19 世纪初期。

之中，远离工业的浪潮和清教徒的狂热。这里，富人纵情吃喝，把痛风和中风当成流行于体面人家的神秘之事。而穷人则觉得富人纵情欢乐无可厚非。再说啦，他们饮宴玩乐的残羹剩餐可是穷人们一代又一代的那点传家宝。贝蒂·珍嗅到了卡斯乡绅家烹煮火腿的香味，不过吸引她、令她向往的却是烹煮火腿那油汪汪的肉汤。在每个人看来，一到尽情寻欢作乐的季节，那些残羹剩餐对穷人来说都是不错的东西。拉维洛的筵席如同一块块牛后臀肉、一桶桶的淡啤酒①一样，规模庞大，持续时间很长，尤其是在冬天。淑女们把自己最好的礼服和头饰装进薄板箱，冒着危险，在雨雪天坐上马匹身上的女用马鞍，带着自己珍贵的行李蹚过溪流——谁也不知道河水会涨到多高——她们期待的可不是短暂的快乐。正因为如此，一年中最暗淡的季节里，没有多少活儿要干，空闲的时间很多，所以大家达成共识，几户人家相继打开大门招待宾朋。刚等卡斯乡绅家持续的筵席渐渐不那么丰盛了，客人们也慢慢吃腻了，大家立即走向村子的较高处，来到"果园地"的奥斯古德先生家。在那里，他们会看到火腿和整块整块的脊骨肉、还带着柴火味道的猪肉馅饼、非常新鲜的融化黄油等各种各样满足人们闲暇时的食欲的美食，虽然不比卡斯乡绅家的那么充裕，但显得更加完美。

　　乡绅夫人很早就去世了，红宅里没有妻子和母亲，所以客厅和厨房里缺乏有益于健康、产生关爱和敬畏的源泉。这不仅说明了为什么节日里他们家各样款待过分慷慨、太过奢华，还解释了为什么傲慢的乡绅频频屈尊光临彩虹酒馆的客厅，而不是坐在自家黑暗的护壁板的暗影里。这也许也是为什么他的儿子们个个都不成器的原因。拉维洛不是个很苛求道德的地方，但是大家都认为，乡绅让所有的儿子都待在家里吃闲饭，

---

① 淡啤酒：一种由大麦芽发酵酿制的啤酒，味甜，香气浓郁，有果味。大多数淡啤酒含有蛇麻草或香料，所以稍带药草苦味，既能中和甜味，又可使酒保存时间更长。

这可不好。虽然只要父亲能负担得起，年轻人放肆一些情有可原，可是人们一提到乡绅的二儿子登斯坦就会不断摇头。这家伙人称登塞·卡斯，非常热衷于投机倒把、吹牛打赌，比田里种了野燕麦还要更糟。村里人说，登塞这家伙又恶毒，又爱嘲弄人，人家杯子干了，他反倒更加美滋滋地品尝美酒，所以说实话，大家才不管他会成什么样子，只要他不要给像卡斯乡绅这样教堂里有家族纪念碑、家里有比乔治王①还古老的大杯的家庭惹事就行。可是，要是老大高弗雷先生某一天也和他弟弟走上同一条道，那就太可惜了。他是个有教养的年轻人，面容坦率、心地善良，将来要继承产业。可是最近似乎已有了这个苗头。他如果继续那样下去，他肯定会失去南希·兰默特小姐。众所周知，自从上一个圣灵降临节以来十二个月，她看他老是羞羞答答的，而当时大家早已议论纷纷，说他天天不着家，肯定出了什么差错，这不太正常——明摆着嘛，因为高弗雷先生一点不像以前那样看上去气色红润、心地坦荡。曾有一时，人人都说，他和南希·兰默特小姐将是多漂亮的一对啊！如果她来做红宅的女主人，那么乡绅家的状况肯定会好转，因为兰默特一家教养良好，善于持家，他们从不浪费哪怕一撮盐，然而家里每一个人都按照其身份地位，安置得适得其所、妥妥帖帖。这样一个媳妇，哪怕自己不带来一个便士的财产，也会为老乡绅节省开支。因为大家都担心，虽然乡绅收入颇丰，但他口袋里的窟窿可不像衣袋口，只有一个。不过，如果高弗雷先生不改过自新的话，他可能只好对南希·兰默特小姐说"再见"了。

赛拉斯·马南来到拉维洛村生活的第十五个年头十一月下旬的一个下午，那个曾经前途乐观的高弗雷，正站在自家阴暗的、有护壁板的客厅，手插在衣服侧袋里，背对着炉火。渐渐暗淡下来的灰色光线照在装饰着猎枪、马鞭和狐狸尾巴的墙上，照在随便扔在椅子上的上衣和帽子

---

① 乔治王：英王乔治三世（1760—1820）。

上，照在散发出一股走了气的啤酒味的大啤酒杯上，照在死气沉沉的炉火上，照在壁炉角竖立着的烟道上。这样的家缺乏任何神圣、让人尊敬的魅力，而很不幸，高弗雷金发碧眼的脸上，阴郁、烦恼的神情和这幅景象极为一致。看上去他像是在等什么人，侧耳倾听着来人的脚步声。很快，重重的脚步声伴随着呼哨声，在宽大空旷的门厅响了起来。

门开了，一个身材矮壮、长相粗俗的年轻人走了进来。他脸颊潮红，一副傻乎乎、飘飘然的神情，这一切都显示他已经有点儿喝醉了。这是登塞。一看见他，高弗雷脸上少了几分忧郁，多了几分憎恶。那条漂亮的棕色西班牙犬刚才还躺在壁炉旁边，这时也躲到了壁炉角的椅子底下。

"啊，高弗雷少爷，要我干什么？"登塞说道，一副嘲讽的口吻，"您是我的前辈、我的上级，您派人唤我，我不能不来。"

"好啊，我要你清醒清醒，给我听好了，行吗？"高弗雷恶狠狠地说道。他自己也喝得有些过量，想把忧郁的心情化作无比的愤怒。"我要告诉你，我必须把福勒给的租金交给乡绅，要不然就告诉他我把租金给了你。因为他威胁说要查封福勒的货物财产，那样的话很快一切就露馅了，不管我告不告诉他。刚才他出去之前，说他要捎话给考克斯，如果这一星期福勒还不来付清欠款，就要去查封。乡绅正缺钱，没心情听任何废话。要是他发觉你又在挥霍他的钱，你知道他说过的狠话。所以，去弄到钱，要很快，好吗？"

"哦！"登塞讥笑道，一边走近他的哥哥，直视着他的脸，"要不，你自己弄到钱，不就省了我的麻烦。怎么样？之前你对我这么好，把钱给了我，现在也不会拒绝好心好意帮我还钱的。是你对我的手足之情让你那么做的，你知道。"

高弗雷咬住嘴唇，握紧了拳头，"别那样一副嘴脸靠近我，否则我会揍扁你。"

"噢，不，你不会的。"登塞说。虽然嘴里这么说，他还是赶紧来了个急转身,"因为我是你心地善良的弟弟嘛。我本来可以随时将你扫地出门,让你无家可归,不名一文。我本来可以告诉乡绅,他潇洒的儿子怎么娶了莫莉·凡伦那样一个好姑娘,又怎么因为他没法儿跟自己的醉鬼老婆生活在一起而过得非常不幸。那样我神不知鬼不觉就能取代你的位子,要怎么舒服就怎么舒服。可是你看,我没那样做——我性情多么随和,天性多么善良。你会替我消除任何烦恼的。你会替我弄到那一百英镑的——我知道你会的。"

"我怎么弄到钱?"高弗雷气得发抖。"我可怜得连拿出一个祝自己好运的先令都没有。再说你取代我,那是胡说。你也会被赶出家门的,就那样。你要是开始胡乱说话,我也会。父亲最喜欢鲍勃,这你知道得一清二楚。他也打算彻底赶走你。"

"别介意嘛,"登塞摇摇脑袋,朝窗外望去,"我非常乐意跟你一伙——你是我潇洒的哥哥嘛。再说咱俩总喜欢吵来吵去,要是没有你,我都不知道要干什么。你更愿意咱俩都待在这个家里,我知道你愿意。所以嘛,你会设法弄到那一点点钱的。我要向你说再见了,虽然我很抱歉,不想离开。"

登塞正要走掉,高弗雷猛追了上去,抓住了他的胳膊,发着誓说:

"我告诉你,我没有钱,我弄不到钱。"

"向老吉博借。"

"我告诉你,他不会再借钱给我了,我也不会向他借。"

"那卖了野火。"

"哼,说得容易。我得马上拿到钱。"

"你只要明天骑着它去猎场[①]就行了。布莱斯和吉廷会在那儿,肯定。

[①] 猎场:英国上流社会男人中流行带着猎狗,骑马猎狐或者猎兔,后来被动物保护主义者称为"血腥的运动",但是也被当作英国传统运动而受到一部分人的推崇。

你会得到不止一个出价。"

"我敢说，那样八点钟才能回到家，而且浑身溅满泥浆。我还要去参加奥斯古德太太的生日舞会呢。"

"哦嚄！"登塞说，头向一边一歪，矫揉造作地用假嗓子说道，"甜美的南希小姐驾到，我们将和她共舞，答应她再也不调皮捣蛋，然后获得她的芳心，再——"

"住嘴，别再说南希小姐，你这个傻瓜，"高弗雷脸涨得通红，"否则我掐死你。"

"怎么了吗？"登塞仍旧用假嗓子说道，一边从桌子上拿起一根鞭子，用鞭柄敲着手掌心，"对你来说，这可是个好机会呢。我建议你啊，多说些甜言蜜语，再次把她哄到手。如果莫莉哪天碰巧多喝了一滴鸦片酊，你成了鳏夫的话，这样不就节省时间了嘛。要是南希小姐不知情，她将不会介意当你的第二任老婆。而且你有个心地善良的弟弟，会给你好好保守秘密，因为你如此乐于助人。"

"你给我听好了，"高弗雷气得发抖，脸又变得苍白，说道，"我的忍耐快到极限了。你但凡脑子好使，就知道你逼人太甚了。跳出热锅再跳进火里，都差不多。我不知道会怎样，可是现在就这样。我也可以自己告诉乡绅这一切——即使我一无所有，最起码我会摆脱你。再说，毕竟，他会知道。她一直威胁我她要来告诉他。所以别得意，以为你保密，想要多高价都行。等你榨干了我的钱，我没什么可以拿去安抚她，总有一天她就会按她威胁我的那样做。全都一样。我自己会对父亲讲明一切，你就滚蛋吧。"

登塞察觉自己做得过了头，发现即使没主意的高弗雷被逼无奈也会狠下决心。可他还是漫不经心地说道：

"随你便吧。我先喝点淡啤酒。"他打了铃，一屁股朝两把椅子跨坐了下去，开始用鞭柄敲着飘窗窗台。

高弗雷站在那儿，仍旧背对着炉火，看着地面，手在口袋里焦急地动来动去。他高大、肌肉发达的躯体存蓄着充足的力气，可力气帮他拿不了主意。像现在这种需要勇敢面对的危险，用力气打也打不倒，掐也掐不死。可怕的后果似乎从四方压向他，本性犹豫不决、道德上怯懦的他变得更加犹豫不决、更怯懦。他刚因被激怒而打算对抗登塞，并预想着种种可能的告发，却马上就觉得走这一步带给他的痛苦简直比他目前面对的不幸更加难以忍受。向父亲坦白交代的结果是铁板钉钉，而被人告发，后果就不一定了。就因为看到了坦白的后果确定无疑，他才愿意息事宁人地把这事情搁置起来，迟疑不决。小乡绅的儿子要是被剥夺了继承权，又不愿干活，羞于乞讨①，那么，他将可怜得像一棵被连根拔起的树，即使在苍天大地的呵护下，在它生根发芽的地方，这树已经长得挺拔伟岸。如果以这些为条件，能够使他得到南希·兰默特，也许还可能稍微愉快地想想——就是去干活也未尝不可。但是，因为他确定无疑肯定得失去她和自己的继承权，得失去除了令他身份降低的关系之外的所有关系，所以，他看不到坦白之后会有什么希望，只有去"当兵"。而在体面人士眼里，这可是除了自杀之外最危险、最孤注一掷的行为。不！他宁愿相信会出现意外，也不愿自己下决心——他宁愿继续坐在筵席上，呷着他喜爱的美酒，尽管头上悬着利剑②，心里藏着恐惧，也不愿冲进毫无生趣的寒冷与黑暗之中。与照着自己刚才的气话去做相比，对登塞做

---

① 此处用《圣经·新约》路加福音：16:3 的典故，一位管家因浪费主人的财物而被辞退。"那管家心里说：'主人辞我，不用我再做管家，我将来做什么？锄地呢？无力；讨饭呢？怕羞。'"这里暗示像高弗雷这一类的绅士虽然受上帝眷顾，衣食无忧，免于劳作，却不知珍惜。

② 达摩克利斯之剑（Sword of Damocles）：希腊故事中，达摩克利斯是叙拉古（Syracuse）国王狄奥尼修斯（Dionysius）的宠臣，他羡慕国王的权力，国王让他与自己互换角色，坐在自己的桌前饮酒作乐。达摩克利斯很是高兴，但当他看到头顶有一根马鬃悬吊着一把利剑，立刻大惊失色。

最大让步,让他牵走马,慢慢变得让自己容易接受了。不过,他的自尊心不容许他心平气和地重新和登塞谈,而是继续争吵。登塞正等着这样,酒喝得比刚才慢了。

"你就是这德性!"高弗雷痛苦地喊道,"让我那样随随便便地卖掉野火!它可是我最后能拿得出来的东西,是我平生拥有的最好的马。你要是还有那么一点点自尊心,看到自己家马厩空了,人家都来看笑话,你就该感到耻辱。不过我相信,你把自己给卖了都有可能,哪怕那样做唯一的乐趣是为了让买方感到买卖不划算而已。"

"对,对,"登塞漫不经心地说,"你说得很对,我明白。要说引诱人做买卖,你知道我最在行了。所以我建议你让我去卖掉野火。我明天就骑着它去猎场,很高兴为你效劳。我骑在马上肯定没你潇洒,但是他们买的是马,不是骑马的人。"

"好啊,是吧?让我把马托付给你!"

"随你便,"登塞说,又敲起了飘窗窗台,一副满不在乎的样子,"是你要还福勒的钱,跟我无关。你去布兰考特的时候收了人家的钱,而你告诉乡绅人家没付。我跟这没一点关系。是你乐于助人,把钱给了我,就是这样。如果你不想还钱,就随你便。对我来说都一个样。但我还是愿意帮你卖马,看你不方便明天走那么远的路。"

好一会儿,高弗雷没有说话。他真想扑上去,夺了登塞手里的鞭子,把登塞抽个半死。阻止他的不是害怕身体受伤,而是另一种恐惧,这种恐惧战胜了他对登塞的憎恨。当他再次开口时,口气变得稍微柔和了一些。

"卖马的事你没胡说八道吧,嗯?你会卖得公道,然后把钱给我?你要不这样,一切就都糟了,因为我再也没有别的可卖的了。你要是弄塌了房屋,给我来个灭顶之灾,你也别太得意,你的脑袋也会被砸碎的。"

"行,行,"登塞说道,一边站起身来,"好的。我就知道你会想通的。我能把老布莱斯煽动起来。至少,我会给你卖一百二十英镑。"

"可是明天可能跟昨天一样,要下大雨,那样你就去不了了。"高弗雷说,自己也不明白是否希望有这个阻碍。

"不会的,"登斯坦说,"天气方面我一直很幸运。你要是去的话,可能就会下雨。你从来不交好运,我却总是运气好。你虽然长得好,可我运气好,所以你要把我当作你的好运星①,没我你永远也应付不了。"

"混蛋,闭上你的嘴!"高弗雷粗暴地说道,"注意明天别喝酒,保持清醒,要不然回来时你从马上掉下来不要紧,野火可就遭殃了。"

"放下你温柔的心吧,"登斯坦说道,一边打开门,"我有买卖要做的时候,从来不会醉得把一个看成俩。那会破坏其中的乐趣。再说啦,我保证,即使我从马上摔下来,也会站着落地,不会跌倒。"

说着话,登斯坦摔门而去,留下高弗雷痛苦地反复思量自己的状况。现在每天除了打猎、喝酒、打牌所带来的刺激,除了见到南希·兰默特小姐所带来的虽少却更不容易忘记的愉悦,其他时间他都深深陷在苦恼的沉思之中。教养越好的人越多愁善感,可他们那难以捉摸、变化多端的痛苦,也许比起粗人没什么物质娱乐和安慰,永远只有独自伤心难过、不平不满的凄凉情形,并不那么令人可怜。但是即便如此,那些乡村地区的先辈,那些我们常常认为平凡无奇的人物,他们唯一能做的就是骑着马在田里转转,最后体重越来越重,单调无聊钝化了感官,在强打精神、了无生气的感官满足中度过残年,所以他们的生活也有几分悲凉。灾难也会降临到他们头上,早年犯的过错酿成了严酷的后果。也许爱上了某个甜蜜的姑娘,纯洁、齐整、冷静,他们睁开眼睛,看到生活美好的前景,日子似乎变短了,甚至也不胡闹了。可是姑娘失去了,幻想也破灭了,那么他们还剩下什么呢?尤其是当他们身体过胖,打不了猎,

---

① 好运星(Crooked Sixpence):英国人的一种迷信,认为卷起来的、装在左口袋里的六便士铜币是好运的兆头。

扛不了枪，穿沟过垄，只有喝酒高兴，或者喝酒生气，以至生活毫无变化，只能急切地重复说着十二个月来一直在说的话。确实，这些脸色红肿、目光呆滞的人当中——多亏了他们天性善良——有些人即使胡闹也不会变得非常野蛮。当他们气色红润的时候，这些人已经感受了最深刻的悲伤和懊悔，也曾经拿芦苇当手杖，却不料手被刺透①，或是稀里糊涂地手脚就被套上刑枷，无论如何挣扎都无济于事。毫不稀奇，处于这样不幸的情形中，他们的心思总是围绕着自己那点过去转来转去，除此之外什么也不考虑思量。

至少，此时高弗雷二十六岁的人生就是这种状况。良心的谴责，还有不同的人施加的微妙的影响，他自己天性又没什么主意，这一切驱赶着他，令他陷入一场秘密婚姻，成为他人生的毒瘤。这个丑陋的故事中，充满了低俗的情欲、欺骗、从欺骗中觉醒，实在没必要把这些从高弗雷痛苦私密的记忆中再揪出来。他早已知道，这种欺骗部分是登斯坦为他所设的陷阱。这个家伙把他哥哥见不得人的婚姻当作满足自己嫉妒、仇恨和贪婪之心的武器。如果高弗雷仅仅感到自己是个受害者，那么命运放在他嘴里的嚼环对他的折磨也就不那么令他难以忍受。如果他独自一人时只是半大声咒骂登斯坦的邪恶和狡猾，那么他也许不是那么缩头缩脑，不敢承担坦白交代所产生的后果。可是问题是，他还咒骂别的——也就是咒骂他自己恶意的愚蠢。现在这一点在他看来近乎疯狂，不可理解。一般来说，当愚蠢和邪恶的驱动力消失了以后，人们大都这么恍然大悟，如梦方醒。四年以来，他一直想念着南希·兰默特，默默地、耐心地追求着、崇拜着她，因为这个女人令他欣欣然幻想着未来：她成为他的妻子，给他营造一个在他父亲家找不到的、可爱的家，而且如果她

---

① 典出《以赛亚书》36：6："看哪！你所倚靠的埃及，是那压伤的苇杖，人若靠这杖，就必须刺透他的手。"

常在他身旁，那么摆脱那些愚蠢的恶习也就很容易了。而那些恶习给他带来不了任何快乐，只是帮他狂热地打发空虚和无聊而已。高弗雷骨子里属于恋家的男人，而他却生长在一个壁炉边没有欢声笑语，家人的日常习惯得不到规矩管束的家里。他本人性情散漫随意，所以对这个家的做法、习惯毫不反抗，安之若素。然而对某种永久温情的需求，对某种能引导他顺利追求美好事物的影响力的渴望，使得兰默特家的整洁、纯净、有序以及南希灿烂的微笑，在他看来如同明亮清新的清晨，各种诱惑昏然睡去，让他耳根清净，能够令他倾听美好天使的声音，催他勤劳、令他节制，给他带来安宁。但是，对这个人间天堂的向往并不足以把他从旧有的做法和习惯中拯救出来，而这些旧有的做法和习惯倒是将他永远关在天堂门外。他没能抓牢南希手中那条结实的丝绳，本来她可以将他安全拉到坚实的绿色岸边，可是他却放任自流，被拖进污泥之中，徒劳挣扎。他造就了捆绑自己的绳索，让其剥夺了他所有积极向上的动力，令他恼怒不已。

除此之外，还有比现在更糟的情形，那就是一旦这个肮脏的秘密被揭露，他将处于可怕的境况。有一个欲望不断战胜其他思想，那就是，避免那不幸的一天的到来，要不然，他将不得不承受他父亲因他损伤了家族荣誉而对他产生强烈憎恨所带来的后果，也许将不得不舍弃祖传下来的安逸和尊严，毕竟，这些都是他活着的理由。而且，有一点也将很明确：他将永远被逐出南希·兰默特的视线，得不到她的尊重。所以，秘密拖延的时间越长，他就越有机会至少从某些他自己出卖自己所造成的、令他痛恨的后果中被解救出来，他也就有更多的机会侥幸获得见到南希所带来的奇特的满足感，捕捉她仍旧在意他的微弱信息。好几个星期以来，他一直避着她，因为她像遥远的、长着鲜艳翅膀的珍宝，只会令他扑身上前，却发现捆绑他的锁链更加强烈地折磨着他。可之后，见到她带来的满足感却又断断续续地、时不时地驱使着他。现在他又一次产生了见她的渴望，强烈的渴望说服他将野火交给登斯坦，而不是打消那种渴望，虽然他还另有理由不愿明天亲自去猎场。那另外一个理由就是，明天早晨的猎场离巴瑟雷很近，而那个不幸的女人就住在巴瑟雷集镇。这女人的形象越来越令他憎恶，他觉得，在她居住的整个邻近地区，她都阴魂不散。即使本性最善良的人，因自己行为不当而给自己套上枷锁，也很可能滋生恨意。而天性善良、心地温柔的高弗雷·卡斯很快变成了一个痛苦的人，常常产生残忍的愿望，似乎时而来，时而去，时而又来，时而又去，好像恶魔在他身上找到了一个修饰好了的屋①。

今晚他将做什么打发时间呢？他也许还是去彩虹，听听大家谈论斗鸡。人人都去那儿，所以除此之外还能做什么呢？虽然他自己对斗鸡一点也不感兴趣。嗅嗅，那只西班牙犬早已站在他面前，观察他多时了。这时，它急不可耐地跳起来，期待他的爱抚。但是高弗雷连看都没看它一眼，猛地推开它，然后离开了房间。嗅嗅不计前嫌，谦恭地跟随其后——也许因为它除此之外，看不到任何别的从业机会。

---

① 典出《马太福音》12：43-45。耶稣谈论人不依靠上帝、只靠自己行善的后果，如同自己打扫干净自己的心，只会让更多的魔鬼进来。原文为："污鬼离了人身，就在无水之地过来过去，寻求安歇之处，却寻不着。于是说：'我要回到我所出来的屋里去。'到了，就看见里面空闲，打扫干净，修饰好了。便去另带了七个比自己更恶的鬼来，都进去住在那里。那个时候的景况，比先前更不好了。这邪恶的时代也要如此。"

第四章

又湿又冷的早晨，登斯坦·卡斯动身了。像那些必须骑着马去猎场集结的人一样，他很明智地徐徐而行。他必须走过那条乡村小道，小道尽头有一片未圈空地，叫作"采石坑"。那儿有座小屋，曾是一个采石匠的家，现在住着赛拉斯·马南，已经十五年了。这个季节，这里全是人踩过的稀泥，废弃的采石坑里满是红色的泥水，显得非常凄凉阴郁。登斯坦走到这里时，先有此感。他听到织布匠的织布机已经开始咣当作响，所以接下来他又寻思，那个老傻瓜不知在哪儿藏了很多钱。他经常听人说马南抠门吝啬，他登斯坦·卡斯怎么从没想到建议高弗雷吓唬或者劝说这个老家伙，让其借钱给高弗雷呢？年轻乡绅的大好前景是个绝妙的担保啊。这时候，这个办法在他想来这么容易，这么爽，尤其当他想到马南藏的财宝很可能应高弗雷当下之需外还颇有结余，可以让高弗雷犒劳犒劳忠心耿耿的弟弟，他差点拨转马头回家。高弗雷肯定非常愿意接受这个提议。能保住野火，他肯定会迫不及待地接受这个计划。但是登斯坦琢磨到这儿的时候，他越来越不情愿往下想了。他可不想给高弗雷那样的快乐，他更愿意看到高弗雷少爷伤脑筋。而且，登斯坦喜欢有马可卖时那种自高自大的感觉，喜欢讨价还价、大吹大擂，喜欢逮机会把谁给蒙了。卖他哥哥的马让他非常心满意足,让高弗雷去向马南借钱的满足劲儿远远比不上这个。所以他继续骑马前行。

布莱斯和吉廷都在那儿,正如登斯坦确信的那样——他真是个幸运的家伙。

"嘿!"布莱斯瞅了好长时间野火,说道,"你今儿骑你哥哥的马来了,怎么回事儿?"

"啊,我用别的跟他换了。"登斯坦说道。撒谎是他的嗜好,而且总是废话连篇,他也不会因为听者可能不相信而有所收敛。"野火现在是我的了。"

"什么?他难道换走了你那匹大骨头的骑乘马?"布莱斯说,心里清楚得到的回答肯定还是谎话。

"啊,我们俩之间有点小账,"登塞漫不经心地答道,"拿野火抵了。我帮了他忙,要了野火,尽管我不大乐意,因为我特想要约丁家的母马——你伸腿跨上它就知道它血统不一样,特纯正。但是我会留下野火,既然我已经得到它。尽管有一天有人出价一百五十英镑买它。福林顿的一个人,他是给克罗莱克勋爵买马的。那家伙是个斜眼儿,穿一件绿背心。但是我打算留着野火,一时半会儿,我还找不着比野火更能跳篱笆的好马。那匹母马虽然血统好,可后腿有点太弱。"

布莱斯当然看穿了登斯坦想卖马,登斯坦也知道他看穿了自己。马匹买卖是唯一用这种人类的直率方式进行的交易。而且他俩都明白交易进入第一阶段。这时布莱斯讥讽道:

"对此我深感惊讶,你要留着它我颇为惊讶。我从没听说过,哪个不想卖马的人能得到马的价值一半的出价。你能得到一百镑就很幸运了。"

吉廷骑马上前来,令买卖变得有点复杂。最终还是布莱斯出价一百二十英镑买下了野火,要在巴瑟雷马厩一手交钱,一手交马,要保证马被安全运抵,并且完好如初。登塞确实想到,应该放明智一些,今天别去打猎，立刻赶到巴瑟雷，在等布莱斯回来的时候，雇一匹马，到时候口袋里装上钱，骑马回家。可是骑马奔驰的诱惑难以抵挡，尤其是身下这匹骏马跨过栅栏时那么招人羡慕，而且他自信满满，相信自己运气好，买卖谈成后又喝了一气小瓶里的白兰地，更是令他欲罢不能。然而，登斯坦篱笆跳得太多了，结果马被篱笆上的木棍戳伤了。他自己这么坏的一个人，完全不像马还能卖钱，反倒幸免受伤，而可怜的野火则一侧躺着，痛苦地喘息着，咽下了最后一口气，根本不知道自己所值的价钱。

刚才，登斯坦不得不下马调整马镫，嘴里骂骂咧咧的，因为胜利时刻快要到来，却因这次中断被落在比赛的后面。盛怒之下，他更加不顾一切，策马猛跳。他本来马上就会再次赶上猎狗，这时这致命的事故偏偏发生了。这时，前面的骑手情绪高昂，才不会在意身后发生的事情，而后面的人远远落后，而且很可能不走野火倒下的这条路线。按照登斯坦的天性，他关心更多的是眼前自己生气，而不是将来的后果。等他的腿刚一恢复正常，看到野火已经死了，他立刻庆幸没人看到这一幕，因为这可没什么值得夸耀的。摔下马来，吃了一惊之后，又喝了点白兰地，骂了半天，他又恢复了气力，然后快速走进右边的杂树丛。他想，穿过树丛他就能到达巴瑟雷，而没有碰上猎场骑手的危险。他的第一个念头就是在那里雇一匹马，然后直接骑马回家，因为手里没有枪，沿着正规大路走上许多英里，对像他这类血气方刚的年轻人来说，完全不可能。他并不太在意把这个坏消息告诉高弗雷，因为他不是还可以给他提供向马南借钱这条消息嘛。要是高弗雷害怕欠下新债，害怕从中得到的好处只有一丁点儿，像以前一样踢蹬抗议的话，咳，他踢蹬不了多长时间。他非常肯定，他会一直折腾高弗雷，最后把他搞定的。弄到马南的钱这个想法一直很清晰生动，现在更变得迫在眉睫。不过，穿着沾满泥巴的靴子走到巴瑟雷，还要面对马厩老板的嘲笑和询问，这一点令他感到不快，妨碍了他快速回到拉维洛，实行自己刚才构思的巧妙计划。他一边反复想着，一边随手一摸背心口袋，这才突然记起，他手指摸到的只是两三个铜币①，不足以支付雇马的费用，而马厩老板早已声明，不先付钱绝不会和登塞·卡斯做生意。其实，根据刚才猎狗所跑的方向来看，他离家的距离不比到巴瑟雷远多少。但是登塞这人的头脑并不够聪明，不知道这个，他只是认为自己选择这条从未涉足的路走回家还有其他原因，后来才慢慢想到这一点，得出这个结论。现在已经快四点了，雾也起来了，所以越快上大路越好。他记得，野火死前不久他刚穿过大路，看到过手指形指路标。所以，他系上上衣纽扣，把鞭子在柄上缠紧，故作冷静地敲了敲靴子帮，似乎在使自己确信，他一点儿也没受到惊吓。带着要去干一件惊天动地的英勇事迹的感觉，他出发了。哪一天他肯定会想方设法添油加醋，夸大其词说给彩虹里一帮同伙听，叫他们羡慕不已。像登塞这样的年轻绅士被逼无奈，要破例走路，手里拿条马鞭是对他这样令人疑惑、不合常规的情形的一种很好的弥补。走在慢慢升起的雾里，登斯坦仍不时地把鞭子甩得啪啪作响。这是高弗雷的马鞭，这个他没忘了拿走，因为它有个金手柄。当然啦，鞭子拿在登斯坦手里，没人能看见那上面深深刻着的"高弗雷·卡斯"的名字，只能看见这条鞭子非常漂亮。因为人相互走近时，薄雾遮挡不住，所以登塞也并不是不害怕碰到哪个熟人，害怕人家把他看成个可怜的家伙。最后，他终于回到拉维洛的小路上，没有碰到任何人，可他心里却想，这是因为他一直运气很好。不过这时，薄雾加上夜色却更加像幕帐，令他不悦起来，因为它遮盖了路上的车辙，他的脚很容易滑进去。雾遮盖了一切，所以他不得不把马鞭搭在低低的灌木上往前走，以免撞上前面的树篱。他想，他肯定马上就要走到采石坑那儿的开阔地了，前边没有了树篱，他就能找着那地方了。然而，他却凭着他没意料到的情形，找着了那地方。他看到了缕缕

---

① 19世纪前后，英国的钱币中，六便士、一便士、半便士、四分之一便士为铜币。

灯光，他很快就猜到那是从马南的小屋透出来的。刚才走在路上，他脑子里一直想着那座小屋以及小屋里藏着的钱，他还设计着怎样哄骗、引诱那个织布匠，让其把钱借出来拿利息。登斯坦琢磨，在哄骗的基础上还得加上恐吓，因为自己算术不够好，无法给出强有力的论证来说服马南相信利息的好处。至于担保嘛，他也不大清楚，只是把它看作是骗骗某人，让对方相信自己会得到利息的手段而已。总之，高弗雷肯定会把撬开那个守财奴脑袋的任务交给他这个大胆而又机灵的弟弟的。登斯坦已经认定这一点，他脑中也早已酝酿好怎么和织布匠谈。所以当他看见灯光从马南家百叶窗的缝隙中倾泻出来时，他想，现在就和马南打打交道再自然不过了。走这条路还有几大便利：织布匠很可能有灯笼可以借给他用，而且登斯坦摸索着走路已经很累了，到那儿可以歇一歇。他离家还有将近四分之三英里的路程。再说，雾渐渐散去，雨下了起来，乡间小道变得滑溜溜的，令人很不舒服。他拧身上了路旁斜坡，心里也有些害怕自己会迷路，因为他不大确信，灯光在小屋的前方还是旁边。不过，他用鞭子的手柄小心地摸索着地面，最终还是安全到达了小屋门口。他用力敲着门，一边想到这老家伙被突如其来的敲门声吓破胆，心里直乐。但他没有听到任何回答和动静，屋里一片寂静。那么，难道织布匠已经上床睡觉了？如果是这样，他为什么还亮着灯？守财奴这么健忘，真是奇怪。登斯坦更猛力地敲起了门，然后，根本不等回答，直接将手指塞进钥匙孔，打算摇门，并上下拉动门闩绳，他毫不怀疑门是锁着的。但是，出乎他意料的是，这样一摇一拉，门开了，他发现自己一下子站在明亮的炉火前。炉火照亮了小屋的每一个角落——床、织布机、三把椅子，还有一张桌子——也让他看到马南不在家。

那个时刻对登塞来说，再没有比砖砌壁炉里明亮的炉火更吸引人的了。他走进屋，一屁股在火炉旁坐了下去。炉火前还有吃的东西，如果已经熟了，那么对于一个饥肠辘辘的人来说，也是很诱人的。那是一小块猪肉，用一根绳子绑住，穿过一把大钥匙上面的孔，挂在炉火上的水壶挂杆上。早期那些主妇，要是家里没有能够翻转肉的烤肉扦的话，都这么弄。猪肉挂在挂杆末端，很明显是为避免主人不在时肉烤得太快了。

登塞寻思：这么说，这老瞪眼傻瓜晚饭还有肉吃？人们还总是说，他为了节制食欲，只吃发霉的面包。这个时候，还是这样一个晚上，晚饭在做着，门没锁上，他去哪儿了？登斯坦自己刚才一路走得那么艰难，所以他猜，织布匠可能刚出去一会儿，取柴火或干别的什么，结果掉进采石坑里了。这个猜测令登斯坦觉得很有趣，随后产生的后果也非常稀奇。如果这织布匠死了，谁将有权利得到他的钱？谁会知道他的钱藏在哪儿？谁会知道有人来过，把钱弄走了？他没有去想能证明自己猜想的证据细节。那个紧迫的问题"钱在哪儿"现在完全占据了他的头脑，以至于他完全忘了织布匠死没死并不确定。愚顽的心灵一旦做出什么推断，煽动起自己的欲望，就很少能够记起，自己的推断从一开始就有问题。而登斯坦的心智和重罪犯的一样愚顽。他曾经听说，乡下人藏匿钱财只有三个地方：屋顶茅草里、床上、地板下的洞里。马南的小屋没有茅草屋顶。登斯坦在贪欲的刺激下，脑子转得很快。经过一番盘算，他的第一个动作就是去翻床。可他一边翻，眼睛却急切地在地板上搜寻：在火光的映照下，地板上的砖在地面撒的沙子下清晰可辨。不过，不是每块砖都清晰可辨，因为有一处，只有一处，上面盖着厚厚一层沙子，沙子上还留有手指的痕迹，而且很明显被仔细地铺到了特定的地方。这个地方就在织布机踏脚附近。登斯坦立刻冲到了那个地方，用鞭子拨走沙子，把鞭柄上的钩子细端插进两块砖头之间，发现砖头很松。他急忙撬起两块砖头，看见里边的东西毋庸置疑是他要找的，因为那两个皮袋子里面除了钱还能是什么呢。掂掂分量，肯定装满了金币。登斯坦又在洞里四处摸了摸，以确定再没什么了，这才匆忙把砖头放回原位，在上面盖上沙子。他进屋其实不超过五分钟，但对登斯坦来说，时间似乎很长。而且，虽然他并不认为马南可能还活着,可能随时会回到小屋,但是当他手里拿着钱袋站起身时,他还是感到一种莫名的恐惧紧紧抓住了他。他希望赶快奔出小屋冲进黑暗,然后再考虑怎么处置那两袋钱。他迅速关上门,把屋里的光线关在了身后。再走几步,百叶窗和门闩孔透出来的光线就不足以暴露他了。雨下得更大了,夜也更黑了,他却非常高兴。虽然两手满满当当,走起路来很不方便,一只手还得尽量抓住鞭子,不过走过一两码之后,他就不用着急了。就这样,他走进了黑暗之中[①]。

[①] 典出《圣经·约翰福音》:"生命在他里头,这生命就是人的光。光照在黑暗里,黑暗却不接受光。"(1章4-5节)将上帝的道比作光,和黑暗形成二元对立。

当登斯坦走出小屋的时候，赛拉斯·马南离家已不到一百码。他拖着沉重的步子从村里走来，肩上披着一件当作外套的麻袋，手里提着一盏牛角灯。他双腿困乏，可是心情却很轻松，一点儿也没有想到会有什么变故。人的安全感常常更多地来自习惯，而不是有什么能说服他很安全。正因为如此，我们生活中某些状况发生了变化，本来暗示着对我们的警告，但我们的安全感却依然存在。很长一段时间，某个危险并没有发生，那么按照习惯推理，经常被我们当作危险永远不会发生的原因，哪怕时间本身恰恰成了危险临近的又一信号。某个人会告诉你，他在矿井下干了四十年，没出过事故，没受过伤，所以即使矿顶已经开始塌陷，他仍旧认为没什么危险。而且我们经常会发现，一个人年龄越大，越难以相信自己会死。习惯的影响对像马南这样生活单调的人，必定非常大——他从不见生人，不听新闻，所以，他对出乎预料和不断变化的事物没有什么概念。（自然也想不到什么不测和变故。）这足以解释，为什么虽然他比以往更加毫无防备地离开家，离开他的财宝，他却仍旧心情轻松。这时候，赛拉斯带着双份满意想着他的晚餐：首先，晚餐肯定热腾腾、香喷喷，再者，晚餐没花他一分钱。这一小块猪肉是那位出色的女主人普丽西拉·兰默特小姐送给他的,今天他给她送去了一块织得非常好的亚麻布。而赛拉斯也只有在收到这样的礼物的时候才会享用美味的烤肉。晚饭是他最喜爱的一顿饭,因为这是他狂欢作乐的时刻,他的心被金子暖得热乎乎的。每次吃烤肉,他都在晚饭时吃。但是今天晚上,他刚巧妙地用绳子把肉绑上,又按照自己的习惯把绳子在钥匙上绕了绕,从钥匙柄穿过来,在火炉挂杆上挂牢,他就记起,必须捻好一团合股线,以便明天早上"开工",织新的一块布。这点他给忘了,因为从兰默特先生家回来的时候,他不一定非得穿过村子,所以就没从村子经过。而在早上花时间跑腿取线,对他来说完全不可能。虽然又得出去走进讨厌的大雾里,但是马南有更喜欢的活儿,就不考虑自己的舒适了。因此,他把肉又挪到挂杆的末端,打上灯笼,披上麻袋,出了门。正常的天气,这一趟得走二十分钟。他要是想锁门,就不得不解下打好结的绳子,取下钥匙,推迟享用晚餐。不值得为了锁门做那样的牺牲。哪个贼会在这样的一个夜晚来到采石坑呢?而且十五年了贼都没有来,又怎么会在今天晚上来?赛拉斯心里并没有明确想到这些问题。他只是模模糊糊地这样感觉,因此并不担心被盗。

　　走了一趟,取了线回来,他心满意足地回到家。推开房门,他那近视眼看到的一切都和他走时一样,他只感觉到炉火更加暖和,在欢迎他回来。他放下灯,把帽子和麻袋扔在一旁。这样走来走去,登斯坦留在沙子上的脚印和他自己钉子底儿靴子的印迹混到了一起。然后,他把那块烤肉挪近炉火,坐下来惬意地一边烤肉,一边烤火。

　　红红的光照着他苍白的脸、他奇怪变形的眼睛、他干瘦的身躯。任何人要是看见他这副模样,也许都会产生一种既轻蔑又可怜、既害怕又怀疑的复杂心情,正如拉维洛村他的乡邻们看待他的态度一样。然而,几乎再没有比可怜的马南更对别人毫无伤害的了。他的灵魂诚实简单,即便不断增加的贪婪以及对金钱的崇拜,在他心里也不会产生任何邪恶,对别人造成直接的危害。他信仰的光已被熄灭,他的情感陷入寂寞孤独,所以他用尽所有的力气紧紧抓住他的工作和金钱。正如人为之全心奉献的所有目标一样,所有这些目标也已把人打造成和目标一样的物体了。因为赛拉斯天天不停歇地坐在织布机上,织布机也反过来占据了他,它单调的响声回应着他单调的、对金钱越来越多的渴望。每当他俯下身来,看着钱袋里的金币不断增加,金币也吸收了他所有的爱,并把这爱变得像金币一样硬邦邦、孤单单。

刚一觉得暖和了,他就开始想,如果吃完晚饭再拿出他的金币,等的时间就会太长了,一边吃着盛宴,一边看着桌上的金币,那该多么惬意啊。喜悦是最好的美酒,而赛拉斯的金币则是一杯金色葡萄酒。

他站起身,没有半点疑心地把蜡烛放到织布机附近的地板上,把沙子拨拉开,然后挪开砖,没有注意到任何变化。当他看见洞里空无一物时,他的心剧烈地跳了起来,可是一时半会儿,他还不能相信他的金币没了。他只是感到恐惧,而且急切地努力摆脱这种恐惧。他的手颤抖着,在洞里到处摸着,竭力去想可能自己的眼睛欺骗了自己。接下来,他端起烛台,照着洞里,仔细查看,手抖得越来越厉害。最后,他身体猛烈地晃动,烛台从手里跌落下来。他抬起手,抱住头,努力使自己镇静下来想想这个事情。难道昨天晚上自己突做决定,把钱藏在别的地方,后来又忘了?沉入水中眼前漆黑一片的人,总会寻找临时的落脚点,即使那是一块滑溜溜、滚动的石头。赛拉斯似乎想通过不存在的希望,来赶走此刻的绝望。他搜遍每个角落,又把床翻了个个儿,又是摇又是捏。他又在架着柴火的砖炉里看了又看。再没地方可找了,他又跪了下来,再一次把藏钱的洞摸了一遍。可怕的事实摆在面前,连个暂时的慰藉都找不到。

是啊,当人的情绪过度激烈,大脑思维疲惫不堪,总是幻想找到躲避暴风雨之所。这是那种对不可能的事物的期待,那种对自相矛盾的幻想的依赖。这和发疯却完全不同，因为坦露在外的事实很快就驱散了这种幻想。赛拉斯站起身来，浑身颤抖，把桌子上看了个遍：难道金币从未出现在桌子上？桌子上空空如也。他转过身，看着身后——看着小屋的四周，大睁着双眼，看着刚才徒劳搜寻的地方，仿佛等待着他的钱袋出现。他清清楚楚看到小屋中的每一件东西——而他的金币却不在那里。

再一次地，他双手发抖，抱住头，发出一声狂乱尖叫，非常凄惨。接下来好一会儿，他站在那儿，一动不动。不过，大叫把他从真相带来的令人发疯的重压下解脱出来。他转过身，跌跌撞撞地走向他的织布机，坐到他干活时的座位上，本能地把这里当作最可依赖的现实。

此时，所有虚假的希望都消失了，确信钱丢了所带来的震惊也已经过去，屋里进了小偷的想法则开始在他脑子里显现，而对这个想法马南非常急切，因为小偷会被抓住，钱也就可能找回来了。这个想法也给他带来了某种新的力量，他走下织布机，向门口走去。他打开门，大雨打到他的身上，因为雨越下越大了。这样一个夜晚，脚印无从追踪——脚印？贼是什么时候来的？白天他不在的时候门是锁上了的，白天他回来时也没看到有人入侵的迹象。还有傍晚时分，他自言自语，一切都和他离开前一模一样。沙子和地板砖看上去像没被人动过一样。是贼偷了钱吗？还是人手触摸不到、残忍的神一时兴起，又一次弄得他这么凄惨？这种恐怖更加难以捉摸，他不敢再想，而是尽量把注意力集中在长手的、人手也能摸到的强盗身上。他的脑子快速过滤了所有跟他说过话、问过他什么的乡邻，回忆有什么可疑的地方。那个杰姆·罗尼很可疑，他是个人所共知的偷猎者，其他方面也声名狼藉。他经常在田野里碰到马南，还开玩笑说起过织布匠的钱。不仅如此，他还曾经顺道造访，借火点烟，在火炉边待着，半天不走，着实令马南气恼。杰姆·罗尼就是那个贼——这样一想，他心情轻松了一些。杰姆可以被揭发出来，勒令他还钱。马南不想惩罚他，只想要回那离开他、让他的灵魂像孤独的旅客一样飘荡在无名荒漠的金币。一定要把贼抓住。马南对法律不太清楚，但是他觉得，他必须去将他丢钱的事儿公之于众。这样，村里的大人物——牧师、治安官、卡斯乡绅——将会勒令杰姆·罗尼，或是其他人，交出所盗钱财。这个希望鼓舞着他，于是他立刻冲进雨中，以至忘了披个遮雨之物，也没理会门锁没锁，因为他觉得他已经没什么可失去的了。他飞快地跑着，一口气跑到村口彩虹酒馆附近的拐弯处，直到喘不上气来，才不得不放慢脚步。

在马南看来，彩虹酒馆是那些妻子拥有太多亚麻、富有强壮的男人们光顾的奢华娱乐场所。在这里，他才有可能找着拉维洛村的权威人士，能最快使自己丢钱的事儿为大家所知。他抬起门闩，转身走进右手边灯火通明的厨房兼酒吧间，地位不太高的顾客习惯在这里聚集。左手边的接待室是为更优雅的社交圈保留的，卡斯乡绅频频光顾这里，享受社交应酬和屈尊驾临所带来的双重乐趣。但是今晚接待室却漆黑一片，因为这个圈子里的精英们都和高弗雷·卡斯一样，去参加奥斯古德太太的生日舞会了。正因为如此，厨房兼酒吧间里高背椅上坐着的来客比往常要多。有几个人平常被允许参加接待室的聚会，以便让比他们身份更高的人有更多机会摆屈尊的架子，欺负、呵斥他们。今晚他们反过来，喝着掺水的烈酒，摆出屈尊的架子，享受欺负、呵斥那群喝啤酒的人的乐趣，非常心满意足。

当赛拉斯走近彩虹酒馆门口的时候,厨房兼酒吧间里的交谈正达到热烈的高潮。同以往一样,这群人刚聚集的时候谈话却缺乏生气,还不时中断。人们沉默着,吸着烟斗,气氛有点严肃。最尊贵的客人坐得离壁炉最近,喝着烈酒,互相凝视着对方,似乎在打赌谁先眨眼谁输。而那些喝啤酒的,也就是那些穿着粗棉布短上衣或长罩衫的,却垂着眼皮,用手摩挲着嘴巴,好像喝啤酒是履行葬礼的责任,显得局促不安,又带点悲伤。最终,斯奈尔先生打破了沉默,他是酒馆的老板,总是保持中立的态度,习惯于不参与那些跑来喝酒的人之间的分歧。他用不大确信的口气问他的屠夫堂兄:

"鲍勃,有些伙计说你昨天弄回来的牛很不错,啊?"

屠夫是个快活的、一脸微笑、红头发的男人,他可不愿意草率作答。他喷出几口烟之后,才吐了口痰,回答道:"他们说得不差,约翰。"

气氛稍微有点儿解冻的迹象,可接下来又如刚才一样,大家仍旧默不作声。

"是红色的达勒姆牛①吗？"过了几分钟后，蹄铁匠②又牵起了话头。

蹄铁匠盯着酒馆老板，酒馆老板却又瞅着屠夫，因为屠夫必须担当责任，回答问话。

"是红的，"屠夫用他那沙哑的高嗓音和气地答道，"也是达勒姆牛。"

"那你就不用告诉我你从谁那儿买的了，"蹄铁匠说，一边得意地朝四周望去，"我知道这一带谁有红色的达勒姆牛。我赌一个便士，那母牛眉毛上有个白色的星形印记，对吧？"蹄铁匠手往膝盖一放，身子朝前一倾，眼睛狡黠地眨巴着，问道。

"嗯，对——可能吧，"屠夫慢腾腾地说道，觉得自己做出了肯定的回答，"你这么说我不反对。"

"我知道得非常清楚，"蹄铁匠说，一边身子往后一靠，傲慢地继续说开了，"要是我不清楚兰默特先生家的奶牛，我倒想知道谁清楚，就这样。至于你买的那头奶牛，不管划算不划算，反正是我给它灌的药，谁想反驳我就来啊。"

蹄铁匠看上去很凶猛，性格温和的屠夫的谈话激情也被激起了一些。

"我不喜欢反驳任何人，"他说，"我喜欢和平安宁。有些人喜欢把排骨切得长一些，而我喜欢切得短一些。可我不跟他们争吵。我能说的是，那头牛很可爱，任何懂事理的人看见它都会掉眼泪。"

"无论如何，是我给那头奶牛灌的药，"蹄铁匠不依不饶，非常生气，"而且是兰默特先生家的奶牛，否则你说它是红色的达勒姆牛就是在撒谎。"

"我没说谎，"屠夫仍旧用温和的沙哑声说道，"我从不反驳谁——哪怕他赌咒发誓说自己是黑人，他又不是我卖的肉，也不是我做的生意。

---

① 达勒姆牛：一种原产于英格兰东北部城市达勒姆的短角肉牛。
② 蹄铁匠：从事给牲口打掌、上掌的工作，同时也是兽医，所以下面梅西先生以医生不能做治安员为由，反对蹄铁匠被选作临时治安员人选。

我能说的是，那是头很好的牛。我说了些什么，我会坚持，不会改口。但我不会跟人争吵。"

"你没说谎，"蹄铁匠看着众人，狠狠挖苦屠夫道，"也许你并不顽固不化，也许你没说那头牛是红色的达勒姆牛，也许你没说它眉毛上有星形印记——坚持你说的吧，你正坚持着呢。"

"好啦，好啦，"酒馆老板说，"别谈论那头牛啦。事实就在你俩中间，你俩都是既对又错，正如我常说的那样。说奶牛是兰默特先生家的，我无话可说。可是我要说，彩虹就是彩虹嘛。说到兰默特先生，你脑子里知道得最多，呃，梅西先生？你还记得兰默特先生的父亲初次来到这一带，租了华伦田庄吧？"

梅西先生是裁缝兼教区执事，最近因为他犯了风湿，教区的事不得不与现在坐在他对面的那位小鼻子小嘴小脸的年轻人分担。梅西先生歪着白发苍苍的脑袋，转动着大拇指，得意扬扬，还伴着点儿吹毛求疵。他对酒馆老板的请求报以怜悯的微笑，然后说道——

"啊，啊，我知道，我知道。可是啊，我还是让其他乡亲谈吧。我现在已经撂挑子啦，让位给年轻人啦。去问那些在塔雷上过学的人吧，他们学过发音。我们那时候不学那个。"

"如果您是指我，梅西先生，"代理执事急切地想表现他的礼貌，说道，"我生性鲁钝，无权说什么。正如赞美诗中所唱的——'我知何为义，我行我所知。'"

"啊，我希望调子定好了后，你能把它唱准。你要想'行'，就先行行好练习这个吧。"一个长相滑稽的大个子说道。他是箍轮匠，工作日他车轮子做得漂亮，到了星期日又成了唱诗班的领唱。他一边说着，一边朝两个同伴儿——唱诗班的"低音箫"和"基调喇叭"——直眨眼睛，心照不宣地表示，他表达的是拉维洛音乐界的意思。

代理一般都不受人欢迎，代理执事图凯先生也一样。他的脸涨得通红，但是他小心压制住自己的怒气，然后回答道："温斯洛普先生，如果你能证明我唱错了，我不会不愿意改正。可是，有些人经常把自己的耳朵当作标准，还要整个唱诗班跟着他的调儿。可能有两种判断吧，我想。"

"对啊，对啊，"这年轻人的大胆傲慢遭到抨击，梅西先生感到非常满意。他说，"这儿啊，你说对了，图凯。总是有两种判断。有这个人对自己的判断，还有其他乡亲对他的判断。钟裂开了缝，钟声也会有两种判断，如果钟能自己听见就好了。"

"哎呀，梅西先生，"可怜的图凯在一片笑声中仍旧保持严肃，他说，"我承克拉肯索先生关照，在您病痛不适时承担部分教区执事职务，因此参加唱诗班是其中的权利之一，否则您为何参加唱诗班？"

"啊！但是这位老绅士和你是两回事儿，"本·温斯洛普说，"这位老绅士有歌唱天赋。哎，乡绅过去经常邀请他喝上一杯，为的就是听他唱一首《红色洛威尔》，是不是，梅西先生？那是天赋。我家的小家伙亚伦，他也有天赋。他唱歌啊，张嘴就来，像画眉鸟似的。可是至于你嘛，图凯师傅，你最好只说'阿门'就行了。你的嗓音只留在鼻子里，撇撇洋腔，就很不错了。你本身就不是弄音乐的料，比一截子空秸秆子好不到哪儿去。"

像这样毫不留情的直率是彩虹酒吧里这伙人最痛快的开玩笑方式。大家都觉得本·温斯洛普对图凯先生的侮辱比梅西先生的那句妙语更胜一筹。

"我看一切再明白不过了，"图凯先生说道，他再也保持不了冷静了，"你们合谋，想把我弄出唱诗班，这样我就不能分圣诞节的钱了——症结就在这里。我会告知克拉肯索先生。谁也别想骗我。"

"不对，不对，图凯，"本·温斯洛普说道，"我们会分你钱让你离开——我们会那样做的。咱花钱除了要除掉害虫害兽，有些东西咱也愿意花点儿钱把它处理掉。"

"好啦，好啦，"酒馆老板觉得不干活却给他付钱的道理会对社会造成危险，因此说道，"玩笑归玩笑。我想啊，在这儿咱们都是好朋友。咱们都必须互相退让，好话好说嘛。你们俩都是既对又错，正如我说的那样。我同意梅西先生的意见，通常有两种判断标准。如果问我的意见，我会说，两个人都对。图凯有道理，温斯洛普也没错儿。他俩只要互相让一步，不就扯平了嘛。"

蹄铁匠兼牛医狠狠地抽着烟斗，很是鄙视这种鸡毛蒜皮的争执。他对音乐不在行，也从不上教堂，因为他从事的是医疗职业，柔弱的奶牛可能随时需要他，可是屠夫的心思却在音乐那儿。他听着他们争来辩去，一边想看图凯被损的好戏，一边又想要维持和平。

"没错儿，"他接着地主和事佬的观点，说道，"我们喜欢老执事。这也是人之常情，而且他过去歌唱得确实好。他还有个弟弟，是这一带人所共知的最棒的提琴手。唉，多可惜，所罗门在我们村的时候啊，我们啥时候想听，他就给我们拉一段，是不是啊，梅西先生？要是他还能这样，我会不要钱送给他动物肺脏，我会的。"

"是啊，是啊，"梅西先生满意到了极点，说道，"大家都知道，我们家族自古以来出音乐人才。但是慢慢不行啦，每次所罗门过来我都这么跟他讲。再也没有像我们过去那样美妙的嗓音了。我们这些老古董记得的啊，再没人记得啦。"

"是啊，你还记得兰默特先生的父亲初次来到这一带，是不是，梅西先生？"酒馆老板问道。

"我想应该记得，"老头已经享受了对他必不可少的恭维，现在到了可以讲故事的时候了。他说，"他是个很优雅的老绅士，和现在的兰默特先生一样优雅，甚至比现在的兰默特先生还要优雅。我能弄明白的就是，他从北边的什么地方来。可是没有人确切知道那是什么地方，只晓得是北边不太远的地方，跟咱们这一带没太大差别。因为他带来一群品种很好的绵羊，所以那边肯定有牧场，而且什么都和咱们这儿一样，合情合理，非常正常。我们听说，他卖了自己的地，来这儿租了华伦田庄。一个拥有自己土地的人，到个人生地不熟的地方租个农庄，挺奇怪的。但是，他们说那是因为他的妻子死了，虽然还有不为人所知的原因——我是这么认为的。可有些人啊，人家懂的多得很，他们可以立马给你说出五十个理由，而真正的理由却躲在角落里朝他们眨眼儿，而他们却永远也看不见。不管怎么说，不久大家都瞧见我们多了一位新教区居民，他懂得人情世故，知道如何行事为人，家也维护得很好，人人都瞧得起。他家的年轻人——也就是现在的兰默特先生，没有姐妹——呃，很快就开始追求奥斯古德小姐，就是现在的奥斯古德先生的妹妹。她是个很优雅、很漂亮的姑娘——啊，你想象不到有多优雅漂亮——他们说啊，现在兰默特家的这个年轻姑娘长得很像她，这都是因为他们不知道以前的情况。这些我都知道，因为我帮着老教区牧师德拉姆娄先生，给他们主持了婚礼。"

说到这儿，梅西先生顿了一下。他每次讲故事总是分段讲，因为按照惯例，他期待着别人提问题。

"是啊，发生了一件特殊的事情，是不是，梅西先生？所以你才可能记住那场婚礼。"地主带着庆贺的语气说道。

"我想是的，发生了一件非常特殊的事情，"梅西先生说道，一边歪着脑袋点头，"因为德拉姆娄先生啊——可怜的老绅士，我喜欢他——主持婚礼那天早上很冷，他年纪大了，又喝了点酒暖和身子，所以脑子有点迷糊。小兰默特先生没办法，必须在一月份结婚。这肯定不是个合适的结婚时间，因为结婚嘛，又不像给刚生下的孩子施洗或是葬礼，人没办法决定。所以德拉姆娄先生——可怜的老绅士，我喜欢他——当他问问题的时候他弄反了，他说，就像这样，'你愿意接受这位男士成为你结发的妻子吗？'他说，然后他又说，'你愿意接受这位女士成为你的丈夫吗？'他说。但是最特别的是，除了我之外没有人注意到这个，他们回答得还挺干脆——'是'，就跟我一样，在该说'阿门'的时候就说'阿门'，丝毫没有注意前边是怎么说的。"

"可是你当时非常清楚发生的一切，不是吗，梅西先生？你当时脑子很清醒，啊？"屠夫说道。

"主保佑你！"梅西先生说，顿了一下，对他的听众贫乏的想象力报以怜悯的微笑。"啊，我打了个哆嗦。我好像一件礼服，被两个燕尾往两边拽着，左右不能啊。我又不能去阻止牧师，我不能让自己那么做。不过我心里说，我说，'要是因为牧师话说反了，他们的婚姻不牢靠怎么办啊？'我的脑子像石磨一样转着，我思量起事情来啊，总是很厉害，总是前后左右全思量到。我心里说，'难道不是那句话的意思或是那句话把俩人牢固地结为夫妇的吗？'牧师的意思没错，新郎新娘的意思也对。可是接下来我开始想啊，许多事情上意思也不完全重要，因为你想把两个东西粘在一起，可你的胶水太差，那怎么粘得住啊？所以我心里暗自说：'重要的不是意思，而是胶水。'所以当他们进入教堂附属室，开始签名的时候，我特别担心，就像要我同时拉三口钟一样。但是说有啥用呢？你们根本不知道聪明人心里怎么想。"

"可你一直都忍着没说，不是吗，梅西先生？"酒馆老板问道。

"是啊，我一直忍着没说，直到我跟德拉姆娄先生单独在一起的时候，我才都告诉了他，充满敬意地，像我一直以来那样。可他根本不当回事，说：'啐，啐，梅西，别操心了。'他说：'是注册把他们粘在一起，不是话的意思和那句话本身。那才是胶水。'所以你看，他轻轻松松就把这个问题解决了。牧师和医生啊，什么事情人家心里都清楚，所以不像我经常那样。他们从来不为思考事情的对错而伤脑筋。当然他们的婚姻没一点问题，只是可怜的兰默特夫人——就是以前的奥斯古德小姐——在她的姑娘们还没成年就去世了。不过要说富裕兴旺、正派体面，没哪一家能赶得上他们的。"

梅西先生的每一位听众早已听过这个故事许多遍，不过大家还是津津有味地听着，像听一首非常喜爱的乐曲。听到精彩之处，抽烟斗的扑扑声就会停歇片刻，听众们聚精会神，等待听到他们期盼的描述。不过，还有更多精彩的等着他们，酒馆老板斯奈尔先生不失时机地发起引导性的提问。

"他们说，老兰默特先生来这里的时候有一大笔财产，是吗？"

"啊，对，"梅西先生答道，"我敢说和现在的兰默特先生所维持的整个加起来一样多。因为大家一直都在谈论啊，没人能靠华伦田庄致富，虽然那是一块公益地产，他租得便宜。"

"是啊，而且没有什么人像你那样清楚地知道，那块地是怎么变成公益地产的，嗯，梅西先生？"屠夫说。

"他们怎么会知道？"老执事有点轻蔑地说道，"那位克里夫先生来到华伦田庄，建了那个大马厩的时候啊，我祖父曾给他们家的马夫做过制服。哎呀，他们家的马厩是乡绅卡斯家的四倍，因为啊，他除了骑马打猎之外什么也不想，那个克里夫——有些人说啊，他是一个伦敦的裁缝，就像是为骗钱而发了疯一样。可他骑不了马，上帝保佑！他们说他是罗圈腿，根本夹不住马。我祖父听卡斯老乡绅这样说过好多好多遍。可是他还是要骑，好像魔鬼赶着他一样。他有个儿子，一个十六岁的小伙子。他父亲什么也不让他干，除了骑马还是骑马——虽然这孩子害怕骑马，他们说。大家都说啊，那位父亲想让儿子学会骑马，摆脱他们家裁缝的身份，把他打造成一个绅士。虽然我自己是裁缝，可是我很尊敬上帝把我造成裁缝，我为此感到很骄傲，因为'梅西，裁缝'的招牌自打女王的头像从先令的银币上消失之前[①]，就已经挂在我家门上啦。但是

[①] 从上下文看，应该是指斯图亚特王朝最后一个君主安妮女王（1664—1714）。安妮女王也称安女王，是詹姆斯二世的次女，威廉三世的妻子，1702—1714年在位。她去世后，汉诺威王朝开始。她的头像最后一次被印在银币上是在1714年。

克里夫呢，他以被人称作裁缝为耻，而且别人嘲笑他骑马，他非常恼怒，这一带的绅士都忍受不了他。不过呢，那可怜的小伙子病死了，而他父亲在那之后也没活多长，因为他变得越来越奇怪。人们说啊，他总是在夜深人静的时候出来，手里提着灯笼，来到马厩，还点燃许多盏灯，因为他脑子病得啊，睡不着。他会站在那儿，看着他的马，甩着鞭子。大家说啊，马厩没烧着，可怜的不能言语的马儿没被烧死，真是幸运。不过最终他神经错乱，死啦。他们发现他把所有财产，华伦田庄和所有其他资产，留给了伦敦的一个慈善机构，这样华伦田庄就变成了慈善地产。不过，至于那马厩嘛，兰默特先生从来没用过——一点儿都不实用嘛——上帝保佑！你要是猛地一关那个门啊，轰隆隆像打雷，半个教区都听得到。"

"啊，可是马厩里面可不只是人们白天看到的那个样子，是不是，嗯，梅西先生？"酒馆老板问道。

"是啊，是啊。漆黑的晚上到那儿去，没别的，"梅西先生神秘地眨巴眨巴眼睛，说，"你可以假装看不见马厩里的灯光，听不见马蹄踩踏声、马鞭的噼啪声，听不见天快亮时的哭喊声。从我还是个小孩子的时候起，那就被叫作'克里夫的节日'，有些人说这是魔鬼老哈里给他的节日，让他能免受一会儿地狱里的煎熬。这些都是我父亲给我讲的。他可是个明事理的人，不像现在有些人啊，知道自己出生以前的事，比知道自己的事还多。"

"对此你想说什么，呃，道拉斯？"酒馆老板扭头问蹄铁匠，因为他跃跃欲试，很不耐烦。"你来说说吧。"

道拉斯先生是这伙人中的反对派，他也很以此为荣。

"说说？我说的是一个人睁大眼睛看着手指形指路标时应该说的！我说，谁要是愿意哪一个不下雨的晚上，跟我一起到华伦田庄马厩外头的草地上守着，我赌十镑，我们既看不到灯光，也听不到什么声音，除了自己呼吸的声音之外。这就是我要说的，也说了好多次了。可是没有人敢冒十英镑的险打这个赌，赌这个他们信誓旦旦说有的鬼魂。"

"哎，道拉斯，这个赌简单得很嘛，"本·温斯洛普说，"你还可以赌，看哪个人冰冻的晚上站在池塘里，水埋到脖子，不会得上风湿。谁要是为了得风湿去打赌，那就太好笑了。那些相信'克里夫的节日'的人才不会为了十英镑冒那个险呢。"

"要是道拉斯师傅想知道真相，"梅西先生讥讽地一笑，两个大拇指互相轻轻地敲着，说，"他没必要和人打赌——让他自己一个人去那里守着，没有人会拦他，这样他就可以让教区居民知道是不是咱们错了嘛。"

"谢谢你！我很感激你，"蹄铁匠轻蔑地哼了一声，"如果乡亲们都是傻瓜，那跟我没关系。我并不想弄清那鬼魂的真相，我已经知道真相了。但是我不反对打个赌，那样一切都很公平公开。谁赌十英镑让我去看'克里夫的节日'，我会一个人去，到那儿守着。我不需要谁陪。我很乐意去，就和我乐意装烟斗一样。"

"啊，可是谁来监视你，看你做了没有，道拉斯？这个赌可不公平。"屠夫说道。

"不公平？"道拉斯生气地答道，"我倒是想听听，谁能站起来说我想打不公平的赌。来，伦蒂师傅，我想听听你怎么说。"

"你想听是你想听，"屠夫说，"可是那与我无关。我不跟你做交易，所以我不会去压你的价。如果谁愿意出价应你的标，那就让他去应好了。我要的是清静安宁，没错。"

"是，每个吱吱叫的野狗，人家拿棍子打它的时候，就是这副德性。"蹄铁匠说："可是我不怕人也不怕鬼，我已经准备好打一个公平的赌。我才不是只会逃跑的野狗。"

"哎，道拉斯，这里面还有一点，"酒馆老板说，口气很率直，很宽容，"我认为，有些人，如果鬼魂不能像支撑货囊的杖杆一样清楚地站在他们面前，他们就看不见鬼魂。他们那样也有理由。像我妻子，即使气味最冲的奶酪放在她鼻子底下,她也闻不到。我自己从来没有见过鬼魂,但是我对自己说,'很可能这是因为我没有闻到它们。'我的意思是,有人能闻见鬼魂,有些人却闻不见。所以,我双方都赞同。因为正如我说的,真相就在两者之间。如果道拉斯去了那里,然后说整个晚上一点都没有见到'克里夫的节日'出现,那么我就支持他。尽管如此,要是有人说肯定有'克里夫的节日',那么我也会支持他。味道是我判断的标准。"

蹄铁匠是个强烈反对折中妥协的人,对酒馆老板这以此类推的观点不太买账。

"啧,啧,"他恼怒地放下杯子,说,"味道跟这有什么关系?鬼魂难道曾经把人打成黑眼圈吗?我很想知道。要让我相信鬼魂,让它们别躲在黑暗僻静的地方,让它们出来,到有人有灯光的地方来。"

"好像鬼魂愿意被哪个无知的家伙相信似的!"梅西先生说,非常厌恶蹄铁匠这么无知,连鬼魂这个现象都理解不了。

然而接下来似乎有证据证明，鬼魂要比梅西先生认为的更愿意屈尊降卑，因为突然间，大家看见赛拉斯·马南那苍白的、单薄的影子出现在暖暖的灯光下，一句话也不说，只是用他那奇怪的、幽灵般的眼睛扫视着大伙。大家嘴里长长的烟斗像受了惊吓的昆虫的触角，全都一动不动。所有在场的人，甚至包括怀疑一切的蹄铁匠，都觉得他们看到的不是有血有肉的赛拉斯·马南，而是鬼魂。因为赛拉斯进来的门隐在椅子的高背之后，所以之前没有人注意到他走进来。梅西先生坐得离这个鬼魂比较远，也许还沉浸在辩论的胜利之中，所以他倒不像其他人那么惊慌。他不是经常说，赛拉斯·马南精神恍惚的时候，他的灵魂就脱离了肉体吗？现在的情形就是很好的证明。不过要是没有这个证明，总体上他也同样会非常心满意足。好大一会儿，房间里一片死寂，因为马南气喘吁吁，情绪激动，一时间说不出话来。酒馆老板出于习惯，认为他有义务让自己的酒吧对所有顾客开放。再者，他自信自己坚不可摧的中立态度会保护他不受任何伤害，所以最终他担当重任，向这个鬼魂发话。

"马南师傅，"他带着安抚的语气说道，"你缺啥了？你到这儿有何贵干？"

"被偷了！"赛拉斯上气不接下气地说道，"我被偷了！我想见治安员——还有法官——还有卡斯乡绅——还有克拉肯索先生。"

"扶住他，杰姆·罗尼，"酒馆老板以为他是鬼魂的想法这时慢慢退去，说道，"恐怕他脑子不正常。他全身都湿透了。"

杰姆·罗尼坐在最外边，刚好就在马南站的地方附近，可他拒绝提供帮助。

"如果你有心那样做，你过来扶他好啦，斯奈尔先生，"杰姆说道，非常不高兴，"依我看，他被偷了，也被谋杀了。"他又嘟嘟囔囔加了一句。

"杰姆·罗尼！"赛拉斯叫道，一边转过头，古怪的眼睛盯着这个犯罪嫌疑人。

"啊，马南师傅，你想要我做什么？"杰姆说，轻轻哆嗦着，一边抓紧了自己的啤酒罐当作防身武器。

"如果是你偷了我的钱，"马南紧握着交叉的十指，哭喊着央求道，"就还给我吧——我将不会为难你。我不会把你交给治安员。还给我吧，我会给你——我会给你一个金币。"

"我偷了你的钱！"杰姆生气地说道，"你再说我偷了你的钱，看我不拿啤酒罐砸瞎你的眼！"

"来，来，来，马南师傅，"酒馆老板果断地站了起来，抓住马南的肩膀，说道，"如果你有任何消息要讲，理智地讲出来。要是你希望大家听你讲，就让大家看到你头脑还正常。瞧你浑身湿得像溺水的老鼠。坐下来把衣服烤干，直截了当地说吧。"

"啊，没错，老兄，"蹄铁匠感到自己刚才面对这个情形有些失态，因此说道，"别再木呆呆地瞪着人，又大呼小叫的，要不然我们就把你当作疯子，拿带子抽你一顿。这就是为啥我没有第一个出声，我以为这个人疯了。"

"对，对，让他坐下，"几个人异口同声，很高兴鬼魂真实存在与否这个问题仍旧没有定论。

酒馆老板硬是让马南脱掉上衣，让他坐在一张离每个人都比较远的椅子上，也就是圈子的中心，直对着炉火的光芒。织布匠没有抵抗，服从了酒馆老板的安排。他太虚弱了，心里除了想得到帮助、找回自己的钱之外，没有任何明确的目的。大家在强烈的好奇心的驱使下，忘记了一时的恐惧，所有的脸都转向赛拉斯。这时，酒馆老板重新坐了下来，说道：

"那么现在，马南师傅，你要说什么——你被偷了？说出来吧。"

"他最好别再说是我偷了他的钱，"杰姆·罗尼急乎乎地喊道，"我能对他的钱做些啥呀？要真是那样，我也能轻易地偷了牧师的白法袍，然后穿上它。"

"先闭上嘴，杰姆，来听听他怎么说，"酒馆老板说道，"说吧，马南师傅。"

赛拉斯讲起了自己的故事，不断地有人问这问那，慢慢地，这起神秘的偷窃案件变得明朗起来。

坐在别人家暖和的壁炉旁，向他拉维洛的乡邻们，也是离他最近、能帮他的人，公开讲述自己的困难，亲眼看到大家的脸，亲耳听到大家的声音——这种新奇的情形无疑对马南有所影响，尽管他一心想着他丢失的钱。比起外表的变化，我们一般较少意识到自己内心开始发生的变化。要经过树木汁液的多次循环往复，我们才能够捕捉到开花的细微迹象。

刚开始听众们对他还有一点怀疑，可是他的痛苦显得那么单纯，很有说服力，所以大家的怀疑慢慢消失了。乡邻们不可能怀疑马南故事的真实性。这并不是因为根据他的讲述，他们马上能够认为，马南没有编瞎话欺骗他们的动机，而是因为如梅西先生所观察到的那样，"有魔鬼撑腰的家伙不可能这么稀里糊涂、惊慌失措"，像可怜的赛拉斯一样。盗贼刚好趁赛拉斯不在家没锁门的时候来，而且没有留下任何痕迹，时机把握得还这么巧妙，凡人完全无法预计。从这么奇怪的事实判断，马南说谎的可能性不大，更有可能的结论是，马南那个声名狼藉的朋友魔鬼——如果他们确实有此关系的话——跟他断绝了密切来往，所以结果呢，魔鬼对他下此毒手，即使让治安员来查也查不出个所以然来。不过，为什么这个超自然的罪犯被迫要等在门没锁的时候下手，倒还是个不得而知的问题。

"不是杰姆·罗尼干的，马南师傅，"酒馆老板说道，"你别盯着可怜的杰姆。是有人说他弄了一两只野兔，要是谁一定要大眼圆睁，连眨巴都不眨巴的话。从你自己的描述来看，从你离开家的时候起，杰姆一直像教区里最得体的人一样坐在这里喝啤酒，马南师傅。"

"对，对，"梅西先生说道，"咱们不要指控无辜的人。那样不合乎法律。在逮捕某个人之前，必须由几个人指控他。咱们不要指控无辜的人，马南师傅。"

赛拉斯的记忆力还没完全迟钝，所以大家说的这些话慢慢唤醒了他的回忆。同刚才一个小时里经历的其他每件新奇事物一样，他心里很新奇地涌起一股歉意。他从椅子上站起来，走到杰姆身边，离杰姆非常近地看着杰姆，似乎想使自己信服杰姆脸上的表情。

"我错了，"他说，"对，对，我应该想想。没有人见证是你做的，杰姆。只是你比任何人到我家里来得更多一些，所以我就想到了你。我不会指控你——我不会指控任何人——我只是，"他抬起手抱住头，转过脸，实在感到困惑不解，痛苦不堪，接着说道，"我再试试——试试想想我的钱会在哪儿。"

"是啊，是啊，我猜它们可能在哪个太热的地方融化掉了。"梅西先生说。

"喊！"蹄铁匠不以为然。他接着盘问道，"袋子里有多少钱呐，马南师傅？"

"两百七十二英镑十二先令零六便士,昨晚我刚数过。"赛拉斯说,一边重新坐了下来,痛苦地哼了一声。

"嚯!啊,扛起来肯定很沉。哪个流浪汉进你屋了,没别的。至于说没脚印,砖头和沙子一切正常——哎,你的眼睛近视得像虫子眼睛一样,马南师傅,只能看近处的东西,所以你一眼看不出来什么。我的意见是,如果我是你的话,或者你是我的话——两者是一回事——就不会认为你家里的情形跟你离开前一模一样。所以我提议,在咱们这伙人里面找两个最明事理的人,陪你去治安员肯奇师傅家——他正卧病在床,我非常清楚——让他指派其中一个代表他,因为法律是那样规定的,我想没有谁会提出异议反对我。从这儿走到肯奇师傅家不远。如果定了我当代表,我会跟你一起回去,马南师傅,然后查看你的房屋院子等。如果谁对此还吹毛求疵的话,那就像个男人站出来,讲出来,我会对他感激不尽。"

通过这一番意味深长的演讲,蹄铁匠重新自我陶醉起来,很自信地等待着听到自己被任命为那两个至高无比的明事理的人之一。

"可是,我先去看看天怎么样,"酒馆老板考虑到自己也会参与这个提议,因此说道,"啊,雨仍旧下得很大。"他说,一边从门口转了回来。

"啊,我不怕雨,"蹄铁匠说,"因为要是马拉姆法官听说明明有情况报告,我们这些受人尊敬的人却没有采取任何步骤,那就不好了。"

酒馆老板赞同这个观点。他征求了大家的意见,又适当地演练了高级教会生活中众所周知的一个小小的仪式,也就是重复三次"我辞谢重任"[①]之后,他同意去肯奇家,担当这个庄严冰冷的职责。可是令蹄铁匠感到厌烦的是,梅西先生现在开始反对他当代理治安员。这个奉神旨意的老绅士宣称自己懂得法律,说从他父亲那时传下来的规矩,医生不能

[①] 拉丁文,天主教主教任命仪式上,被任命者必须说的谦辞,也就是重复三遍"余不愿当主教",然后在其他人三次敦促之后就任。

当治安员。

"而你是医生,我想,虽然你只是个牛医,但是苍蝇就是苍蝇,尽管可能是只马蝇。"梅西先生下了结论,一边对自己的"机灵"感到有点惊叹。

对此,辩论非常激烈。蹄铁匠当然不乐意宣布放弃医生的优秀品质,力争如果医生愿意,他肯定可以当治安员——法律的意思是,他要是不愿意当,他可以不当。梅西先生认为那是胡说八道,因为法律不可能喜欢医生甚于其他人。再说了,医生要是比其他人更不喜欢当治安员,为什么道拉斯先生你这么热切地想以那个身份行事?

"我不想当临时治安员,"蹄铁匠被这毫不留情的推理逼到了墙角,只好说,"而且谁也别说我想当,如果他愿意讲实话的话。要是谁嫉妒羡慕冒雨去肯奇家,就让他去好了——谁也别想让我去,我告诉大家。"

不过,经过酒馆老板调停,争论达成和解。道拉斯先生也辞谢三次,同意当作第二个人选去。就这样,可怜的赛拉斯披上了些旧的遮雨之物,与两位同伴一起,又一头扎进雨里,心里想着怎么度过眼前的漫漫长夜,不像有些人渴望休息,而是像那些守夜的人,期盼"等候天亮"[①]。

[①] 典出《圣经·旧约·诗篇》第一百三十篇,原文为"我的心等候主,胜于守夜的等候天亮"。

午夜时分,当高弗雷·卡斯从奥斯古德太太家的舞会上回到家中时,对登塞还没回来的消息不是很惊讶。也许他还没卖掉野火,正等着下一个机会——也许,打猎耽搁了他卖马,而那天下午有雾,所以他更愿意晚上住在巴瑟雷的红狮旅馆。他才不可能在乎自己哥哥的心还悬在那儿呢。高弗雷满脑子全是南希·兰默特的美貌、身姿,全是对自己和自己命运的恼恨。每次看到她他就会这样,所以没怎么想野火,没怎么想登斯坦行为的种种可能。

第二天早晨,整个村子里的人都听说了这起偷盗的故事,沸腾了。高弗雷也和其他人一样,忙着搜集这方面的消息,跟人讨论,到采石坑查访。大雨冲刷掉了所有可以辨别的脚印,但是经过仔细调查事发地点,在村子相反的方向发现了一个火绒盒、一块燧石和一把小刀陷在泥里。火绒盒不是赛拉斯的,因为他唯一的那个还在自家架子上放着。因此经过推理,大多数人都认同,渠里发现的那个火绒盒跟这起偷盗案有着某种关联。有一小部分人摇着头,神神秘秘地说,那不是一起靠火绒盒就能帮助解决的偷盗案,又说马南的故事听上去很奇怪,这就是所谓的自己做贼,然后又喊捉贼。但是当人家追问他们,有何凭据做此判断,马南师傅造假又有何益处的时候,他们又只是摇摇头说,我们怎么能知道某些人所谓的益处呢,再说了,每个人,不管他们有无凭据,都有权发表观点。又说,人人都知道,织布匠本身就有些神经不正常。尽管梅西先生也参与进来,为马南辩护,认为他没有欺骗大家的嫌疑,但是,他也对有关火绒盒的推断嗤之以鼻,斥责那种观点对神不敬,以为什么事情肯定都是人干的,以为不存在那种不挪掉砖头就能弄走金币的神的力量。不过,他转过头,尖锐地盯着图凯先生,因为这位热忱的代理感到这个观点很特别,非常适合教区执事,所以就继续发扬这个观点,怀疑说整个情形如此神秘,再继续调查这起偷盗案是否正确。

"好像,"图凯先生总结道,"好像除了法官和治安员能调查出来的东西之外,再没有别的似的。"

"你不要做过头了,图凯,"梅西先生偏着脑袋点着头警告道,"你总是这样。我要是扔出块石头击中目标,你就认为还有比击中目标更好的什么,试图把石头扔得更远。我说的是反对关于火绒盒的推断,我从来没说要反对法官和治安员,因为他们是乔治王设的,教区机构谁要是跳出来反对乔治王,那可就是恶意了。"

彩虹酒馆外面议论纷纷的时候,里面更高级别的商议也正在进行。会议由教区牧师克拉肯索先生主持,卡斯乡绅与其他主要教区成员协助讨论。酒馆老板斯奈尔先生——正如他自己说的那样——是个习惯把两件事放在一起考虑的人。他作为代理治安员,有幸发现了火绒盒。他刚刚又想把火绒盒和某个小贩联系起来。据他回忆,大概一个月前,这个小贩曾来酒馆喝过酒。他实话实说,声明这个小贩到哪儿手里都拿着个火绒盒点烟斗。这确实是一条值得彻底调查的线索。人的记忆,如果恰当地渗透进已确定的事实,有时会丰富得令人惊奇。斯奈尔先生慢慢回忆起了小贩的面貌以及小贩说过的话留给他的栩栩如生的印象。斯奈尔先生敏感的机体感觉到,小贩的"眼神"令人很不舒服。他确实没说什么特别的——没有，除了关于火绒盒的那些话——但是重要的不是他说了什么，而是他说话的方式。而且，他皮肤黝黑，像外国人，一看就不老实。

"他戴耳环吗？"克拉肯索先生了解一些外国的风俗习惯，所以想知道这个。

"嗯——等等——让我想想，"斯奈尔先生说，像个温驯的"千里眼"，能不出错就不出错。他噘起嘴巴，眯起双眼，似乎费劲儿地想看见那对耳环，但是最后放弃了努力，说道，"嗯，他卖货的箱子里有耳环，所以他自然应该戴耳环。村子里几乎家家户户他都去过了，也许有别人看见他戴，虽然我拿不准。"

斯奈尔先生的猜测是对的，是有人能记起这个小贩的耳环。问询在村民中传了开来，越传语气越重，说牧师想知道那个小贩是否戴耳环。这让大家产生一个印象：查出这个事实非常重要。当然，虽然听到这个问题的每个人其实对小贩戴没戴耳环并没有任何清楚的印象，但是他们立刻想象出他戴耳环的样子，或大或小，因人而异，而这些想象立刻被大家生动地回忆了起来。玻璃匠的妻子——一个善意的女人，不善撒谎，她家也是村子里非常干净的几户之一，很快就宣称，她看到小贩双耳戴着很大的耳环，新月形状，语气就像在就要到来的圣诞节领圣餐时一样不容置疑。而补鞋匠的女儿吉妮·奥茨则更富想象力，说她不仅也看到耳环，而且那耳环还使她毛骨悚然，现在她站在那儿还是那个感觉。

同时，为了让火绒盒这一线索更加明朗，家家户户把从小贩那里买的所有东西都搜集到一起，带到彩虹酒馆展览。村子里的人都有一个共同的感觉，那就是，要弄清这起偷盗案，在彩虹酒馆里大家有许多事要忙活，所以男人们去那里不需要给妻子找个借口，因为那里可是行使庄严的公民职责的地方。

大家感到有些失望，也许还有一点气愤，因为他们得知，在乡绅和牧师的询问下，赛拉斯·马南只说想起来小贩到过他家门前，但是并没有进屋。当时他只把门开了个缝,说他什么也不需要。除此之外,他再也回想不起什么了。这就是赛拉斯的证言,虽然他坚定地抱着小贩就是小偷的想法,哪怕仅仅因为,这个想法让他确切想象到了他的金子从藏匿之处被偷走之后确切的下落。他现在似乎就能看见钱在小贩的箱子里。村子里的人有些恼怒地说,除了像马南这样一个"瞎子"外,任何人都应该看见那个人鬼鬼祟祟四处游荡,因为要不是在马南家附近的沟渠边逗留,他怎么能把他的火绒盒丢在那儿呢?毫无疑问,他在门口见到马南的时候就观察好了。任何人只消看一眼织布匠,就知道他是个神经不大正常的吝啬鬼。大家都很惊奇,小贩怎么没有杀了他。众所周知,戴着戒指、耳环的那种人,经常会杀人。巡回审判庭①就审判过这样一个,就在不太久之前,还有活在世上的人记得。

高弗雷·卡斯事实上并不看重对小贩的指控,所以,当他走进彩虹,又听见斯奈尔先生在详细地重复证言时,他声明,自己从小贩那里买了一把小折刀,觉得小贩是个很快活、爱咧嘴笑的家伙。他说,说那人长得邪恶,全是一派胡言。但是村里人说这只是年轻人信口雌黄——"好像只有斯奈尔先生发现那小贩稀奇古怪一样!"因此相反,至少有半打人已经准备要去见马拉姆法官,提供比酒馆老板更为有力的证词。村里人希望,高弗雷先生不要去塔雷给斯奈尔先生的证言泼冷水,阻止法官签发逮捕令。大家怀疑他有意如此,因为中午过后,有人看见他骑着马朝塔雷方向出发了。

其实这时候,高弗雷对这起偷窃案的兴趣已经减退了。他心里越来越焦急,担心登斯坦和野火怎么样了。他其实不是去塔雷,而是去巴瑟雷,因为他不知道他俩如何,再也不能安心在家等了。有可能登斯坦恶搞他,骑着野火跑了,赌输了或挥霍掉了卖马的钱,月底再回来。他心

---

① 巡回审判庭:英国高等法院法官定期至各郡审判案件,此制度一直施行到1971年止。

里担忧更多的是这个，倒没怎么考虑到人或者马意外受伤这一点。现在奥斯古德太太家的舞会结束了，他开始恼恨自己竟将爱马托付给了登斯坦。他没有试图使自己的恐惧感平息下来，反而放任助长这种恐惧感，因为他像我们大家一样迷信地认为，要是非常强烈地想着会发生什么坏事儿，坏事儿就不太可能发生了。这时他听到急促的马蹄声传来，看见远处小路拐弯的地方树篱上冒出一顶帽子，他还以为自己的魔法成功了。可是当马儿刚一进入他的视线，他的心就沉了下去。那不是野火。再过片刻，他也看清了骑马的不是登斯坦，而是布莱斯。他赶上前来和高弗雷搭话，一脸的不愉快。

"哎，高弗雷先生，那是你好运的弟弟呀，那位登塞少爷，不是吗？"

"你什么意思？"高弗雷急忙问道。

"啊，他还没回家吗？"布莱斯问。

"回家？没有啊。发生了什么事？快点说。他把我的马怎么了？"

"啊，我那时就想是你的马，虽然他骗我说是你让给他的。"

"马把他摔下来，摔断他膝盖了？"高弗雷说，气得满脸通红。

"比那更糟，"布莱斯说，"你看，我跟他达成交易，掏一百二十镑买那匹马——非常爽快非常高的价钱，可是我一直很喜欢那匹马。而他干的呢，是去让它被木棍戳死——跳里头夹着木棍的树篱，在一道坡顶上，前边有条渠。马死了，好大一会儿了才被发现。那么他还没有回家，是吗？"

"回家？没有，"高弗雷说，"他最好别回来。把我当傻瓜！我本应该料想到会是这样的结局。"

"唉，说实话，"布莱斯说，"我跟他买了马后，心里确实还想，他可能在你不知情的情况下骑着马来卖，因为我不相信马是他的。我知道登塞少爷有时净爱骗人。可是他去哪儿了呢？在巴瑟雷再也没见着他。他也不可能受了伤，因为很肯定他走了。"

"受伤？"高弗雷痛苦地说道，"他永远都不会受伤——他生下来就是为了伤害别人。"

"那么你确实让他去卖马了，啊？"布莱斯问。

"是的，我想卖掉那匹马——它口一直有点太倔，不听使唤。"①高弗雷说。他的自尊心使他害怕布莱斯会猜想自己卖马是出于需要钱，所以他说话躲躲闪闪。"我刚准备去找他——我想他捣了鬼。我现在就回去。"他加了一句，一边掉转马头，希望能摆脱布莱斯，因为他感到，他生活中长期以来害怕的危机正迫在眉睫。"你要去拉维洛，是吧？"

"噢，不，现在不用去了，"布莱斯说，"我刚打算绕道去那里，因为我是得去弗里敦。我想也许能在路上碰见你，然后告诉你所有我知道的关于那匹马的事情。我估计登塞少爷要等这坏消息传开了才打算露面。他也许去了三王冠旅馆，在威特桥附近——我知道他很喜欢那里。"

"也许是吧。"高弗雷心不在焉地答道。然后他又打起精神，努力装作漫不经心的样子说："我们很快就会听到他的消息，我保证。"

"好了，我该转身往回走了。"布莱斯说，看到高弗雷这么"低落"，一点也不感到奇怪。"那么就跟你说再见了,希望下次能给你带来好消息。"

高弗雷慢腾腾地骑在马上，心里一边想着向父亲坦白交代的一幕，他感到现在再也无法逃避了。必须就在明天早上讲明钱的事。如果把别的先瞒着，登斯坦肯定很快就会回来，要是发现自己必须首当其冲面对父亲的怒气，肯定会恶毒地把一切都讲出来，即使自己从中什么也得不到。也许还有一步棋可以让登斯坦保持沉默，把那可怕的一天再往后推推。他可以告诉父亲，他自己花掉了福勒交上来的钱。他以前并没有犯过类似的错儿，父亲咆哮上一阵儿之后，整个事情也就慢慢平息了。但是高弗雷说服不了自己去这样做。他觉得，让登斯坦拿走钱，他已经违反信托，这个罪过比出于自己的理由直接花掉那钱轻不到哪儿去。但是这两

---

① 马嘴里的嚼环与缰绳连在一起，骑马的人通过拽缰绳，勒紧嚼环来控制马。

者之间有个明显的区别,即其中的一个比另外一个会更加损害自己的名誉,这对他来说很难容忍。

"我不打算装成个好人,"他自言自语道,"可我也不是个恶棍——至少,我会在哪儿停下来。我宁愿承担自己所作所为造成的后果,也不肯让人家以为我做了自己永远都不会做的事。我永远都不会为了自己享乐花掉那笔钱——我是被逼得成了这个样子。"

这一天接下来的时间,高弗雷虽然偶尔有些动摇,可总体上还是倾向于向父亲彻底坦白。他把野火的事儿一直瞒着,打算到第二天早上再说,期望把这事当作引子,可以让他交代更为严重的问题。老乡绅已经习惯儿子们经常不在家,登斯坦和野火没露面,他觉得没有必要注意。高弗雷一遍又一遍对自己说,如果错过这次坦白的良机,那么也许再没有机会了。还有比登斯坦恶意中伤更为可憎的揭发,她可能会像她扬言威胁的那样来他家。为了使坦白更容易一些,他对自己演练了又演练:他下定决心,先从坦白自己如何软弱,让登斯坦拿走了钱开始,到承认自己有把柄握在登斯坦手中,他没办法摆脱掉这一事实,以及父亲的怒气如何被激起,在告诉他事实之前肯定非常不好过,等等。老乡绅是个感情容易冲动的人,经常在怒气冲冲的时候做决定,而且怒气慢慢消了之后也不会改变已做的决定——像燃烧的火山冷却后变成坚硬的岩石。像许多暴戾、冲动的人一样,他听任恶事在他的疏忽下滋生,直到它们压迫他、令他恼怒的时候,他才变得凶狠严厉,冷酷无情。他对佃户的方式就是这样:允许他们拖欠,允许他们忽视田地的围篱,允许他们减少牲口,允许他们卖掉麦草,或者允许他们做其他错误的事情——然后当这种纵容导致他缺钱花的时候,他就采取最严厉的措施,不听任何哀求。高弗雷对此心知肚明,现在感受更深,因为他经常看到父亲脾气突然发作,变得冷酷无情,他感到很讨厌,而他自己习惯犹犹豫豫,也使他失去了父亲所有的同情。(他并不批评导致父亲发脾气的纵容放任,因为那很自然。)高弗雷心想,父亲骄傲自负,听到这样的婚姻,会命他缄口隐瞒,而不愿将儿子赶出家门,让整个家族成为方圆十英里的谈资,这刚好也是个机会。

直到午夜时分,高弗雷眼前出现的一直是这个景象,最后他认为自己已经完成内心的思想斗争,便睡着了。可是当他在寂静黑暗的早晨醒来时,他发现,重新唤醒昨晚的思考已不可能。那些想法仿佛已经精疲力竭,再也激发不起来,带他进一步行动了。他现在想的不是如何坦白交代,唯一能感觉到的,是坦白带来的可怕后果。原来害怕丢脸的念头又回来了——又像原先一样害怕和南希之间筑起一道毫无希望跨越的屏障——又像原先一样希望出现可以依赖的有利转机,挽救自己,让自己免于泄露秘密。唉,难道要他自己动手切断希望吗?他昨天的想法还是错了。当时他对登斯坦恼怒至极,只想彻底断绝两人之间达成的谅解。可是现在最明智的做法,应该是努力软化父亲,让他减弱对登塞的怒气,尽量维持事情原况。如果登塞好几天不回来,(高弗雷不知道,这个坏蛋口袋里的钱足以使他在外多待些时日),一切可能尽皆风平浪静了。

第九章

高弗雷起了床,比平时更早吃了早饭,却逗留在有护壁板的客厅里,直到他的弟弟们用完了餐,出去了。他在等待父亲,早饭前父亲总要和他的管理人散会儿步。红宅里每个人吃早饭的时间都不一样,乡绅总是最迟的那位。用餐之前,他总是拿不准自己早晨是否有食欲。桌上已经摆满了大量食物。约两个小时后,他大驾光临了。他六十岁,高大、壮实,一张脸上眉头紧皱、目光冷酷,嘴巴却又松垂虚弱。他着装邋遢,整个人显示出经常被疏于照料的迹象,然而老乡绅的外表中的某种东西,使他明显与教区普通农夫不同。那些人也许与他一样教养良好,可是他们明白自己与"身份高的人"比邻而居,所以无精打采、垂头丧气地过着日子。他们的举止仪态缺少沉着,说话的声音缺少威严。而乡绅却拥有这样的仪态和声音,他认为比自己强的人远在天边,自己与那些人就像与美洲或者天上的星星一样毫无干系。乡绅早已习惯了教区民众向他表达敬意,习惯于认为他的家族、他家的大啤酒杯,他的一切都是最古老、最优秀的。他从未与地位高于自己的绅士有过交往,没有比较,所以他的观点无法推翻。

他进了餐厅,瞥了一眼他的儿子,说道:"啊,先生!你还没用早餐吗？"他们并没有愉快地互问早安，不是因为不友好，而是因为礼貌这朵甜蜜的鲜花并不生长在像红宅这样的家庭里。

"用过了，先生，"高弗雷说道，"我用过早餐了，我在等你，想跟你谈谈。"

"啊！哦，"乡绅冷淡地说道，一边重重地坐到椅子上。他说话的方式沉闷生硬，夹着咳嗽，而拉维洛的人觉得，这是像他这样地位的人所拥有的特权。他切了一片牛肉，送到跟他一起进来的猎鹿犬跟前。"打铃给我叫淡啤酒，好吗？你们年轻人的事情大多是关于寻欢作乐的。这没什么可急的，只是你们自己着急而已。"

虽然乡绅和他的儿子们一样，也整日无所事事，不过他和拉维洛的同辈人自以为是地认为，青年时代和别的时期不一样，是个愚蠢荒唐的时期，而他们自己却拥有随着岁月而积累起来的智慧，总是容忍着年轻人，不时挖苦挖苦他们，这样容忍也就能好受一些。高弗雷一直等到啤酒送了进来，门关上之后，才重新开口。这中间，那只名叫"舰队"的猎鹿犬已经吃了很多的牛肉，这些牛肉足够一个穷人过节时大吃一顿。

"野火倒了大霉，"他说，"就发生在前天。"

"什么！摔断腿了？"乡绅喝了一口啤酒，问道。"我还以为你会骑好马呢，先生。我一生中从未让马摔倒过。要是摔了，即使希望再得到一匹，也得不到，因为我父亲才不会像别人的父亲那样，慷慨解囊给我再买一匹。但是那些父亲必须要改变措施——必须改变。我现在缺现钱，一部分是因为抵押，一部分是因为欠款未清，就像路边的穷人一样。而且那个傻瓜吉博说，现在报纸上正在谈论着战争结束，和平到来。唉，国家再也不会繁荣昌盛啦。价格会像起重机一样，一路下跌。我要是不把那些家伙统统给卖了的话，我的欠款永远也收不回来。还有那个可恶的福勒，我再也无法容忍他了。我已经告诉温思洛普，今天就去考克斯。上个月这个坏蛋对我撒谎，说肯定会付给我一百英镑。他以为那个农场地点偏僻，就以为我会忘了。"

乡绅咳嗽着，断断续续地发表着谈话，可是中间却没有很长的停顿，所以高弗雷没有机会找借口插话。他觉得父亲有意避开他，怕他因野火没了而索要金钱。而他父亲一个劲儿强调他缺现钱、别人欠他款等，这种态度对他的坦白交代非常不利。但是他必须继续，所以他开始说了。

"比马腿断了更糟——他被树篱上的木棍戳了，死了，"一等父亲不说话了，开始切肉，他赶紧说，"不过我没想让你再给我买匹马。我只是想说，我没办法用卖野火的钱来还你钱了，我本来打算这么着。登塞那天骑着野火去了猎场，要替我卖了它，可他谈好价，以一百二十镑卖给布莱斯之后，他又去追猎狗，跳篱笆，结果当场把马给弄死了。要是没发生这事，今天早上我就会给你一百磅。"

乡绅放下了刀叉，惊奇地盯着儿子，脑子一时转不过弯来，猜不出是什么这么奇怪地颠倒了父子关系，他儿子竟然要给他一百镑。

"事实是，先生——非常对不起——是我的错，"高弗雷说，"福勒确实已经付了那一百镑。上个月有一天我经过那儿，他把租金给了我。登塞缠着我要那钱，我就给他了，因为我当时觉得，有希望能在这之前把钱还给你。"

没等他儿子说完，乡绅就气得脸发紫，嘴也说不出话来。"你让登塞拿了钱，先生？你什么时候变得和登塞这么亲密，合起伙来挪用我的钱？你变成流氓了吗？我告诉你，我不会买账。我要把你们这一帮子全赶出去，我要重新结婚。我要让你记住，先生，我的财产不是限定继承的——从我祖父的时候起，卡斯家族的继承人可以任意处置自己的田产。记住这一点，先生。让登塞拿走了钱！你为什么让登塞拿走了钱？这里边肯定还藏着什么谎言。"

"没有谎言，先生，"高弗雷说，"我不会自己花了那钱，确实是登塞纠缠我。而我是个傻瓜，竟让他拿走了。不过我原打算还的，不管他是否打算还。这就是事情的全部。我从未打算挪用你的钱，我不是那样的人。你从没见过我干不诚实的勾当，先生。"

"那么，登塞在哪儿？你还站在这儿说什么？按我说的，去把登塞叫来，让他说说他要那钱干什么，他把钱怎么样了。他会后悔的。我要把他赶出家门。我说过我会那么做的，我会的。他别想再在我面前耀武扬威了。去把他叫来。"

"登塞没回来，先生。"

"什么？难道他自己的脖子也摔断了？"乡绅说道。一想到如果那样的话，他就不能实行自己刚才的威吓，他感到有些厌烦。

"不，他没受伤，我想，因为马被人发现死了，登塞肯定是走了。我敢说过不了多久就会再看见他。我不知道他在哪里。"

"那么，你为什么非得把我的钱给他？回答我。"乡绅问道。因为登塞不在跟前，他又开始责难高弗雷。

"噢，先生，我不知道。"高弗雷犹犹豫豫地回答道。这个回答只是软弱的遁词，但是他不喜欢撒谎，而且因为他并没有充分意识到，没有谎言的帮助，任何一种口是心非都不会长久，所以他毫无准备，不会随口编个理由。

"你不知道？我告诉你吧，先生。你干了龌龊事，拿钱贿赂他别讲出来。"乡绅说道。他突然变得这么精明，吓了高弗雷一跳。父亲猜得如此准确，让他的心怦怦直跳。这一惊吓促使他走了下一步——一点点刺激足以推着他走下坡路。

"啊，先生，"他尽量以轻松随便的口吻说道，"我和登塞之间有一点小事，这事与别人没关系。不值得窥探年轻人干的荒唐事。要是我运气好，没损失野火的话，也不会给你造成什么麻烦，先生。我本来会还你钱的。"

"荒唐事！呸！你也到了不干荒唐事的年龄了。我得让你知道，先生，你必须结束干你的荒唐事了。"乡绅皱起眉头，怒气冲冲地瞪了儿子一眼，说道，"我再也不会为你那些不良行为花钱了。据我所知，我祖父即使在最差的时候，马厩里也拴满了马，家计也维持得很好。要是我没有这四个无所事事像吸附在马身上的水蛭一样赖着我的家伙，我也能做到那些。我这个父亲一向对你们太好了——就是那样。但是我再也不会了，先生。"

高弗雷一声不吭。虽然他的判断力不够敏锐，但是他一直感到，他父亲对他们的纵容并不是仁慈。他心里模模糊糊地期望，能有一些纪律约束，阻止自己的错误，控制自己的弱点，帮助自己向善。乡绅急匆匆地吃了面包和肉，喝了一大口淡啤酒，然后拉开椅子，又说开了。

"那样对你很不好，你知道——你应该试着帮我打理打理事务。"

"哦，先生，我经常提出帮你管理事务，可你总是把我想歪了，似乎认为我要赶你下台。"

"我对你的提议以及我歪解你一无所知。"乡绅说，他的记忆中只有某些自己觉得深刻的印象，琐碎细节休想将其改变。"可我知道，有一段时间你似乎想要结婚。我不会像有的父亲那样，给你设置任何障碍。你要是娶兰默特家的女儿，我会和任何人一样高兴。我猜，如果我对你说不行，你会继续考虑这事，但是现在没人阻拦你，所以你改变主意了。你是个磨磨蹭蹭的家伙，像你可怜的母亲。她从来没有自己的主见。不过，女人只要有个能干的丈夫，也不需要自己的主见。但是你的妻子必须要有主见，因为你根本没脑子，不知道怎样让两条腿走一条路。那姑娘还没直接说她不要你，对吧？"

"没有，"高弗雷感到很热，极不舒服，说道，"不过我想她不会接受我。"

"想！你为什么不鼓起勇气去问她呢？你打算继续追求她吗，你想要娶她——是这样吗？"

"别的女人我不想娶。"高弗雷推诿道。

"啊，那么，让我替你求婚好啦，就这样，要是你没有胆量自己去求的话。我想，兰默特不可能不愿意将女儿嫁到我们家。至于那位漂亮姑娘，她不愿意嫁给她表哥——如我所见，再没别人能够挡你的道了。"

"目前，我宁愿先这么着，请先别去，先生，"高弗雷慌忙说道，"我觉得她最近有点恼我。而且我想自己去说。男人必须自己对付这种事。"

"好，那么说吧，去解决吧，看你能不能洗心革面。男人想要结婚，就要那样做。"

"目前我看我还不能想这个，先生。我猜你不会让我在家里的哪个农庄上住下来，我也不认为她会来住这所房子，我所有的弟弟都住这儿。那和她已经习惯了的生活方式不一样。"

"不来住这所房子？别说这。你去向她求婚，就这些。"乡绅短短地冷笑一声，说道。

"我宁愿就这么着，目前，先生，"高弗雷说，"我希望你不要去说，别催得太紧。"

"我想怎么做就怎么做，"乡绅说道，"我必须让你明白我是主人，否则你可以出去，自己弄些产业，随便找个地方落脚。出去告诉温斯洛普，别去考克斯家了，让他等着我。再告诉他们给我的马装上鞍辔。站住，去打听打听，把登塞那匹骑乘马卖了，然后把钱给我，好吗？他再也别想花我的钱养马了。你要是知道他溜到哪儿去了——我敢说你其实知道——你告诉他，让他免了旅途劳顿，不用回家来了。让他去做旅馆马夫，自己养活自己。他别想再赖着我了。"

"我不知道他在哪儿，先生。即使我知道，也不该我来告诉他不许回来。"高弗雷一边说，一边朝门口走去。

"混蛋，先生，别站这儿顶我的嘴，去叫人给我备马。"乡绅说道，一边拿起烟斗。

高弗雷走出了房间，自己也搞不清楚这次面谈结束之后，自己的处境有没有改变，他是感到更轻松呢，还是因自己在谎言和欺骗中陷得更深而感到更加于心不安？刚才提到的向南希求婚的事又在他心里激起了新的惊慌。万一他父亲晚饭后跟兰默特先生聊起此事，那将使他尴尬万分，只好坚决地婉言谢绝娶她，虽然她似乎近在咫尺，唾手可得。像往常一样，他又赶紧躲进他的避难所，那就是希望时来运转，给他一个良机，挽救他逃离难堪的后果，甚至为他的谎言辩护，证明他是出于谨慎才做了不诚实的事。把希望寄托在投掷命运的骰子上，还不能说高弗雷这人很独特、很落后。我想，有些人只相信自己的手段，而不遵守他们所相信的法则，"机会"才是所有这些人所信奉的神明。即使今天，如果哪位上流人士陷入他羞于承认的状况，他的心思也只在于，什么可以救他，让肯定会产生的结果不要产生。某个人要是大手大脚，入不敷出，或者偷懒怠惰，不愿老老实实劳动挣钱，他马上就开始梦想出现一位恩人，一个可以让他哄着骗着弄钱花的傻子，梦想哪个人有心帮他，只是还没有到来。某个人要是工作玩忽职守，他又来老一套，准备碰运气，侥幸地想，自己疏忽的事情可能没有那么重要。某个人要是背叛了朋友的信任，他又会爱慕"机会"这个狡猾复杂的东西，这东西给他希望，希望朋友永远蒙在鼓里。某个人要是放弃一门可以从事的体面手艺，而去追求自己毫无天赋的高雅职业，他必定也会推崇神圣的"机会"，认定它为伟大的成功缔造者。不过，"机会"崇拜有一个很不被看好的有害原则，那就是，它的结果必定是种瓜得瓜，种豆得豆。

在塔雷和拉维洛，马拉姆法官自然被视作智力超群的人，因为没有证据他也能得出比他那些没参加和平委员会①的邻居所期望的更多的结论。这样一个人不可能忽视火绒盒这条线索，他现在正派人调查一个外国人模样的小贩，姓名不详，长着一头黑色卷发，皮肤黝黑，背着一个装有刀具和珠宝的箱子，戴大大的圈状耳环。但是，要么是调查人走得太慢，没赶上小贩，要么是这个描述许多小贩都符合，而侦查员不知如何取舍，所以好几周过去了，除了这个案子所引发的兴奋劲儿在拉维洛慢慢消退了之外，毫无结果。少了登斯坦·卡斯，大家几乎没有注意。以前他有一次跟父亲吵了架离家出走，谁也不知道他去了哪里，六个星期后他才回来，回到原来的住处，也没人阻止，他又和往常一样趾高气扬，大吹大擂。他的家人以为这次也一样，唯一不同的是，乡绅这次下定决心不让他再回原来的住处，绝口不提他不在家的事。他的姑父吉博先生或是奥斯古德先生后来注意到了他不在，不过他怎样弄死了野火，又怎样惹恼了父亲，已经足以让他们不以为怪了。把登塞失踪和偷盗案

---

① 和平委员会（Commission of the Peace）：国王任命的法官委员会。

发生在同一天这样的事实联系起来，离每个人的思想轨道都很远，甚至连高弗雷都没想到，虽然他比任何人都更有理由知道他的弟弟会干些什么。他记得，孩提时代他们常以嘲笑织布匠为乐，而自从十二年前起，他们之间却再没有提过他。再者，他不断猜想的登斯坦的行踪总在别处，不在偷盗现场。他仿佛看见登斯坦丢下野火，去了某个投脾气的常去之处——仿佛看见登斯坦揩着偶然认识的人的油，又苦思冥想着回家继续折磨兄长取乐。我估计，即使拉维洛有人把上述两个事实放在一起，这样的联系如此伤害一个在教堂拥有家族纪念碑、拥有令人肃然起敬的大啤酒杯的家族的既定的体面，肯定会被当作无稽之谈而被制止。还好，圣诞节的布丁、腌肉，还有大量的蒸馏酒，如同保护剂把这个新颖的想法抛进梦魇的水沟，防止了刚苏醒的念头危险地爆发出来。

在彩虹酒馆和其他地方，大家仍旧成群聚在一起，谈论着那起偷盗案。两种说法势均力敌，不相上下：一种是以火绒盒为基础的合情合理的推断，一种是主张某种高深莫测的神秘力量愚弄调查的理论。根据火绒盒线索、相信小贩作案的人认为，另一派脑子糊涂，容易轻信，自己得了白眼病，就以为其他人也和他们一样是睁眼瞎。而无法解释派的追随者们却明确地说，他们的反对者就像那些动物，还没找到粮食就得意扬扬——像撇奶油的撇子一样浅薄——人家看不透谷仓门，就认为里面什么也没有，所以人家眼亮嘛。就这样，尽管他们之间的分歧并没有帮助搞清偷盗案的真相，却引发了关于一些不太重要的事情的真实观点。

但是当可怜的赛拉斯丢钱的事成为谈资，掠过拉维洛闲谈的缓缓水流时，赛拉斯自己却正在忍受那件邻居们轻松争论的偷盗所带来的凋萎凄凉和丧失亲人般的痛苦。在任何他丢钱之前观察过他的人看来，他的生活似乎已经够萎缩凋零的了，再受点伤也很难感觉出来，难以承受像这样毁灭性的打击。但是，之前现实中马南过的是热切的生活，充满了直接的目标，这种目标把他围了起来，与广阔的、了无生趣的未知世界隔开。他的生活是有所依赖的。虽然围绕着这个目标,他的生活所依赖的是没有生命、一个个互不相干的东西,这东西却满足了他依赖的需要。但是现在围墙坍塌了,支撑被人攫走了。马南的思想再也不能在原先的圈子里活动了。他感到困惑不解,脑子一片空白,像一只辛勤工作的蚂蚁,回家的路上遭遇大地裂开了时一样。织布机仍在那里,织布的活儿还在继续,织的布上的图案也在增加,可是他脚下洞里亮闪闪的宝藏没有了,拿着它、触摸着它、数着它的希望没有了。晚上再也没有令他喜悦的幽灵,来安抚这可怜人,满足他的渴望了。工作挣来的钱再也带来不了任何欢乐,因为干巴巴的那么一点点只能又让他想起他的损失。他的希望突然遭此打击,被如此彻底地粉碎,以至他根本无法想象,从那么一点钱重新开始积攒。

他用痛苦填充着茫然的大脑。当他织布的时候,他像有病痛的人一样不时低声呻吟,这表明他又想起那个突如其来的裂隙,想起空虚无聊的夜晚时光。每天傍晚,他孤独地坐在暗淡的炉火边,胳膊肘支在膝盖上,双手紧紧抱着头,像那些不想被人听到的人一样压抑着声音,低低地呻吟。

然而,他并没有被完全抛弃在苦难之中。得知了他的不幸之后,乡邻们对他的厌恶反感有些消失了。他们开始觉得,他不是个狡猾、不老实的人,或者更糟,是个狡猾地对待乡里的人。现在很明显,赛拉斯根本不够狡猾,连自己的东西都看不住。大家都管他叫"神经兮兮的可怜家伙",而不与邻居来往这一点,以前被认为是他对大家有敌意,认为他可能沉溺于跟魔鬼为伍,现在则被认为他只是有点发疯。

大家以不同的方式表达友好之情。风中飘着圣诞节饭菜的香味,这个季节,富人家表示慈善的方式,是送剩余的猪肉和黑香肠。而赛拉斯的不幸,让一些像奥斯古德太太这样的主妇总是先想到他。克拉肯索先生也一样,他教训赛拉斯说,钱被弄走可能是因为塞拉斯太看重钱,还从不上教堂。同时为了增强教训的效果,他送了猪蹄给马南,目的是消除大家对牧师毫无根据的偏见。那些只有安慰的话语相赠的乡邻也表达了他们的友好情意。他们不仅在村里碰上赛拉斯的时候跟他打招呼,详细地聊聊他的不幸,而且还不怕麻烦,到他的小屋拜访他,让他在偷盗现场再详细讲一遍事情的来龙去脉,然后他们会鼓励他,说:"啊,马南师傅,毕竟你比其他可怜的乡亲糟不到哪儿去。要是你腿瘸了,教区还会给你发津贴呐。"

我想,为什么我们很少能用好言好语安慰我们的邻居,原因之一就在于我们良好的愿望在经过嘴唇说出来之前,已经不由自主地掺了假,变得不纯了。我们可以送黑香肠、猪蹄而不让这些东西沾染上我们自高自大的气味,可是语言像条溪流,肯定带有泥土的味道。拉维洛大部分人都很善良,可是这善良却是如啤酒一样苦涩的、总把事情搞糟的那种,连一点儿称赞和虚伪都不掺杂。

比如像梅西先生,有一天他晚上特意赶来,为的是让赛拉斯明白,最近发生的这件事已经使得一个从不草率下判断的人对他产生了好的看法。他一坐下来,摆弄好自己的大拇指,就开始了谈话。

"来,马南师傅,你没必要坐着伤心叹气。你丢了钱啊,要比你用肮脏的手段攒着它更富有。我过去常想啊,你刚来这里的时候,你可不够好,比现在年轻许多,可眼睛老瞪着,脸白兮兮的,有点像个脸儿光秃秃的牛犊,我可以这么说。咱们也不知道,不是所有看上去怪兮兮的东西都是魔鬼老哈里造的——我指的是像癫蛤蟆这些东西啊,它们经常没有啥害处,反倒吃那些害虫,对人有用。依我看啊,你跟它们也差不多。至于用草药啊什么的来治气喘,这要是你从很远的地方带来的知识,那么你本该拿那个多治点儿人的病嘛。如果这种知识不是从正道上得来的,啊,你可以通过经常上教堂加以弥补嘛。因为啊,就像那些被神婆做过法的孩子,我好多次都是给这样的孩子施洗,他们照样被圣水祝福,没有出现什么邪恶征兆。这样合情合理啊。因为啊,要是魔鬼老哈里有心给大家一点儿好处,谁又会来反对呢?我是这么想的。我在这个教区当执事已有四十年了,我知道,我和牧师圣灰星期三①宣读戒条的时候啊,那里边也没有诅咒说,除了医生之外别人就不能用别的办法治病,吉博爱怎么说就让他说去吧。所以啊,马南师傅,正如我所言啊,许多事情都是绕啊绕,绕到祈祷书最后,绕来绕去,最后就绕明白了。我建议你啊,要打起精神来。至于说你城府深,心里藏着掖着的太多,见不得光,我一点也不那样认为,我也是这么告诉乡邻们的。我说啊,你们说马南师傅编故事,哎呀,那是胡说,没错儿。我说呀,聪明伶俐的人才会编出这样的故事来,可他看上去惊慌得像个兔子。"

梅西先生啰里啰唆发表这番演讲的时候,赛拉斯还是那副老样子,一直一动不动,身子前倾,胳膊肘支在膝上,双手抱着头。梅西先生毫不怀疑自己正在被聆听着,所以顿了顿,期望马南说点感激的话。可是马南却一声不吭。他明白,这位老人是好意,很友善,但是这种友善降临到他身上,如同阳光洒在落魄的人身上一样——他没有任何心情去品味它,并且觉得它遥不可及。

"哎,马南师傅,你没什么可说的吗?"梅西先生问道,语气有点不耐烦。

"哦,"马南慢吞吞地说道,一边摇着两手紧抱着的头,"我谢谢你——衷心地——谢谢你。"

"哎,哎,对啦,我想你会的,"梅西先生说,"我的建议是——你有礼拜服吗?"

---

① 圣灰星期三(Ash Wednesday):四旬斋(Lent,基督教复活节前四十日,在此期内非星期日需斋戒和忏悔)的第一日。英国国教以前在这一天的仪式包括,牧师宣读戒条,宣布哪些行为会受到诅咒,每宣读一条,执事从旁应答(回答类似"求主怜悯""求主宽恕"等)。

"没有。"马南回答道。

"我想就是这样，"梅西先生说道，"现在啊，我建议你去做一套礼拜日上教堂穿的衣服。去找图凯，他是个可怜的家伙，他现在接手了我的裁缝生意，我也有钱在里面，他会低价给你做一套衣服，你可以相信他。这样你就可以来教堂，有点邻居的样子了。哎，自打你来到这里，你还没有听过我说'阿门'，我建议你别再耽搁时间了，图凯完全接手后肯定会做得很差劲。下一个冬天我可能不能胜任站在祭桌前了。"说到这儿，梅西先生顿了一下，也许期望他的听众能表达一下感情。可是却没看到任何感情流露，所以他又继续说道："至于做衣服的钱，啊，你织布一周能挣一镑呢，马南师傅，而且你还年轻，呃，虽然你看上去这么神经兮兮。啊，你刚来这儿的时候还不到二十五岁吧，呃？"

赛拉斯听到他变成了询问的语气，吃了一惊，然后温和地答道："我不知道，我说不准——过去很久了。"

听到这样的回答，我们就不会感到惊讶，为什么那天晚上在彩虹酒馆，梅西先生说马南的脑袋"完全迷迷糊糊"，怀疑他礼拜日到了也不知道。这说明他不信上帝，比许多狗还不如。

除梅西先生之外，还有一个前来安慰赛拉斯的人，心里想的全是同一个话题。她就是温斯洛普太太，箍轮匠的妻子。拉维洛的居民们上教堂不是很规律，教区里几乎没有哪个人不认为，照着日历每周去教堂，表明这个人贪婪地想讨好上帝，很过分地想超过自己的邻居——希望显得比"大流"好，有意让其他那些同样有教父教母、死后同样享有教会为其举办葬礼的权利的教徒难堪。同时，大家都知道，除了仆人、年轻人之外，所有人都应该在某个重要节日领圣餐，比如卡斯乡绅总是在圣诞节那一天领，而那些被大家看作"好人"的人去教堂，相对来说要稍加频繁一些。

温斯洛普太太就是这样的人。从所有方面来看，她都非常正直，很有良心，非常热心承担各种工作职责，以至总觉得除非她早上四点半起床，要不然似乎生活提供的工作职责就太少了，虽然这令她早上大多时间无事可干，而这个问题经常让她不知如何解决。据说有这样习惯的人都有泼妇的脾气，然而她却不是这样。她是个非常温和、非常有耐心的女人，天生就爱寻找生活中所有更悲伤、更严肃的东西，她的心灵就靠这些来滋养。拉维洛要是谁家有人生病或去世，或是要用水蛭给人吸血，或是生了孩子突然要找个人伺候月子却找不到时，大家第一个想到的人就是她。她是个"让人舒服的女人"——长得好看，皮肤光鲜，嘴角总是微微下垂，仿佛她总感到自己在医生、牧师都在场的病房里。不过她从不哭泣，没人见过她流眼泪，她只是很严肃，几乎察觉不出来地摇摇头，叹息一声，就像葬礼上一个不是亲属的送殡者。似乎很奇怪，本·温斯洛普这么贪杯，爱开玩笑，怎么和多莉相处得这么好。不过，她对丈夫的玩笑和快活劲儿像对任何事一样充满耐心，认为"男人就是那样"。她把强壮的男性看作动物，认为上帝喜欢把他们造得像公牛和公火鸡一样爱惹事儿。

现在很明显，赛拉斯正忍受着痛苦，所以这位好心、很有道德责任心的女人心里不能不强烈地想到他。所以，礼拜日下午她带上她的小儿子亚伦，来拜访赛拉斯，手里拎着一些小小的猪油糕——那是扁扁的像面团一样的食物，在拉维洛很受尊崇。亚伦是个七岁的小家伙，长着苹果般的脸颊，身上干净的、上过浆的波形褶边，很像苹果的托盘。他害怕那个大眼睛的织布匠伤害他，所以非常需要冒险的好奇心给他壮胆。当他们到达采石坑，听到织布机发出的那神秘的声音时，他的好奇心大大地增强了。

"唉，我想就是这样。"温斯洛普太太难过地说。

他们不得不大声敲门，赛拉斯才终于听到了。不过，来到门口时，他并没有显得厌烦。曾经有一次，有人没经过邀请就跑来，他就很不耐烦。以前，他的心是个锁着的珠宝盒，里面藏着财宝，而现在呢，盒子空了，锁也被撬了。赛拉斯被遗弃在黑暗中摸索，他的支柱彻底没了，所以他不可避免地感觉到，要是有任何力量帮助他，那么肯定来自外界，虽然这种感觉很迟钝，有些令他绝望。他心里有一丝颤动，有点期望看到自己的同类，心里模模糊糊想依靠他们的好心好意。他把门开得大大的，让多莉进来，而对她的问候，他只是挪了挪一把椅子，示意她坐下。多莉一坐下，就掀开盖着猪油糕的白布，用她那庄重的口吻说道：

"我昨儿个烤了点儿东西，马南师傅，这猪油糕比平时烤得好，我请你接受这些，要是你觉得好的话。我自己不吃这类东西，一年到头我只爱吃面包。可是男人们的胃造得古怪，他们想变个花样。确实是这样，我知道，上帝帮帮他们。"

多莉把糕饼递给赛拉斯，轻柔地叹息着。赛拉斯衷心地谢了她，茫然地、仔细地看着糕饼，他已经习惯这么看手上的每一件东西。小亚伦把他妈妈的椅子当作堡垒，一双明亮好奇的眼睛从那后边一直偷偷窥视。

"上面还印着字，"多莉说，"我不会念。没有人知道是什么意思，就连梅西先生也不知道。不过肯定是好词儿，因为那跟教堂讲道坛罩布上的字一模一样。那怎么读，亚伦，我的宝贝儿？"

亚伦整个儿撤退到堡垒后边。

"哦，别那样，太调皮了，"他妈妈温和地说道，"不管那是什么字，是好词儿。本说，自打他是个小家伙的时候起，印那个的模子就在我们家了。他妈妈过去爱拿那个印在糕饼上，我也爱印。要是好，在这世上我们就需要。"

"那是 I. H. S.。"① 赛拉斯说。看到他有学问，亚伦又开始从椅子后

---

① I. H. S.：希腊语耶稣（ΙΗΣΟΥΣ）的首三个字母，在拉丁语里为 IHC、HIS。拉丁语 I，J 不分，IHC、IHS 后来也写成 JHS。拉丁文 Jesus Hominum Salvator 的缩写，意为"人类救主耶稣"。

面偷看。

"噢,的确,你会念,"多莉说,"本给我念了好多好多次,可我总记不住,太可惜了。因为他们是好字母,要不然也不会在教堂里了。所以我在所有的面包和糕饼上都印这字,不过有时候字留不住,因为面发起来了。像我说的,有好的东西我们在世上就用得着,确实用得着。我希望这些字给你带来好处,马南师傅。我就是因为这个才给你带糕饼来的,你看这些字比平时印得更好。"

赛拉斯不会像多莉那么解释那些字,但是他绝不可能误解她平静的语调表达安慰的愿望。他比以往更富有感情地说:"谢谢你,衷心地谢谢你。"可是他放下糕饼,茫然地坐在那里,根本想不到那糕饼、那字,以及多莉的好心会给他带来什么完全不同的益处。

"啊,有好的东西,我们就会需要它。"多莉不会轻易放弃一句有用的话,因此重复说道。她怜惜地看着赛拉斯,继续说道:"可是你没有听到今天早上教堂的钟声吧,马南师傅?我猜你不知道今天是礼拜天。我敢说,你一个人住这儿,忘了算日子了。你的织布机也很吵,而且尤其现在,霜把教堂的钟也冻住了,声音没以往大,所以你可能听不到钟声。"

"不,我听到了。"马南说。对他来说,礼拜的钟声纯属偶然,并没有任何神圣之意。过去灯笼大院从不敲钟。

"哎呀!"多莉说,顿了一下又开口了,"可是你礼拜天还工作真可惜啊,也没有梳洗——要是你不去教堂的话。你如果在烤什么吃的,可能没办法离开,因为你一个人。可是,不是有公用面包炉吗?你要是下定决心偶尔花上两便士付炉火钱——当然不是每个礼拜——我自己不会那么做——那么你就可以把饭带到那儿了。礼拜天吃点热乎乎的东西是再对没有了,而且也不会分不出和礼拜六吃的有啥不一样了。今天是圣诞节,蒙神祝福的圣诞节到了。你要是把午饭带到公用面包炉那里,然后去教堂,看着绿色的冬青和紫杉,听着赞美诗,再领圣餐,你就会好多了，你就会明白你是谁，就会信任比我们懂得多的神们，因为那样的话，你就做了我们所有人都该做的事情。"

多莉热心的劝说，可是费了她不同寻常的劲儿和口舌。她的语气很抚慰人，很令人信服。当病人不愿吃药，或是没胃口，她常用这语气劝他们吃药，吃盆粥。以前从没有人极力劝说赛拉斯去教堂，不去教堂只被认为是他古怪性格的一部分。而他这人脑子太直，太单纯，一时间不知道如何找个借口回避多莉的请求。

"不，不，"他说，"我对教堂什么也不知道。我从没去过教堂。"

"没去过！"多莉惊讶地低声叫道。接下来她想到赛拉斯不知道打哪儿来，便问道："你出生的地方难道没有教堂吗？"

"哦，有，"赛拉斯仍旧那个姿势坐在那儿，双肘撑在膝盖上，托着头，若有所思，说道，"有教堂——许多——那里是个很大的城镇。不过我不知道教堂，我去的是小礼拜堂。"

多莉听到这新词很是疑惑，可她非常害怕，不敢追问下去，害怕"小礼拜堂"是什么邪恶的东西的栖息地。想了一会儿，她说——

"嗯，马南师傅，改过自新永远为时不晚，你要是从没去过教堂，也就无法知道它会给你带来什么好处。当我去教堂，听着梅西先生的祈祷声和歌声，赞美荣耀上帝，还有克拉肯索先生说着祝福的话，我感到从未有过的安心舒服，尤其在领圣餐日。要是我有了麻烦，我也觉得我可以忍受，因为我已经在正确的地方寻求了帮助，而且我把自己交托在了神们的手里，我们最终都要把自己交在神们手里。要是我们做了自己分内的事，那么我们就不会相信，高高在上的神们比我们还要坏，不会做他们分内的事，保护咱们。"

可怜的多莉对她简单的拉维洛神学的讲解，在赛拉斯听来却毫无意义，因为没有一句话能够唤起他对宗教的回忆，而且多莉说"神们"，用复数人称也令他很迷惑。其实多莉用复数是为了避免冒昧放肆，没有一点异端的意思。他一直沉默不语。多莉建议他上教堂，他完全明白，可他一点儿不愿表示赞同。赛拉斯非常不习惯谈论除他那简单的生意以外的话题。除了交易时必要的简短问答，没有什么急事，话语很难从他嘴里说出来。

这时候，小亚伦已经慢慢习惯了织布匠吓人的样子，挪到了他妈妈的身边。赛拉斯似乎首次注意到了他，试图给这小家伙一点猪油糕，回报多莉的好意。亚伦往后缩了一点点，在妈妈的肩膀上蹭着脑袋，可是仍旧觉得为了那块糕，值得冒冒险伸出手去拿。

"噢，不害臊，亚伦，"他妈妈说，抱起他放在膝头，"哎呀，这会儿你不能再要了。他胃口特别好，"她轻轻叹了口气，继续说道，"他就那样，上帝知道。他是我最小的孩子，很不幸我们把他惯坏了。我和他爸爸呀，总要把他带在身边，总得看着他。"

她抚摸着亚伦长着棕色头发的脑袋，觉得让马南师傅看到这么一幅"孩子的图画"，肯定会对他有好处。可是马南坐在壁炉的另一边，看到这张长着灵巧五官、红润的脸，觉得那只是个上面有两个黑点的暗淡的圆。

"他的声音像鸟一样清脆——你都想象不出来，"多莉继续说道，"他会唱他爸爸教他的一首圣诞颂歌。他能这么快学会好歌，我认为那是他会向善的象征。来，亚伦，站下来把那首颂歌唱给马南师傅听，来。"

亚伦的额头又在妈妈的肩膀上蹭了起来，以示回答。

"哦，那样不乖，"多莉温柔地说道，"站下来，像妈妈说的那样。我给你拿着油糕，等你唱完。"

亚伦不是不愿意展现他的才华，哪怕是在受人保护的情形下，对一个吃人魔鬼唱歌。他先是扭扭捏捏，用手背揉着眼睛，从指头缝里偷偷地瞧马南师傅，看马南是否急着想听那首"颂歌"。之后，他终于愿意放好脑袋，站在桌子后面，只有宽大的褶领上面的部分露了出来，所以他看上去好像飘在空中的天使，只有圆圆的可爱脑袋，没有身子。他开始像小鸟般清脆地唱了起来，悦耳的曲子节奏铿锵，像不断敲击的铁锤。

"上帝解你忧，令你享安息，

救主耶稣来，圣诞降人世。"

多莉热切地听着，不时瞥上马南一眼，相信这首歌会把马南吸引到教堂里去。

"这是圣诞音乐，"等亚伦唱完了，又拿到他的糕饼，她说，"没有什么音乐能和圣诞音乐相比——'静听天使把歌唱'。巴松管吹着，歌声唱着，你就能知道教堂里怎么样，马南师傅，你就会禁不住觉得你已经到了那个更好的地方。我不愿说这个尘世不好，既然神们最清楚，把咱们放到了这里——可是因为有喝酒、争吵、糟糕的疾病，还有艰难的死亡这么多咱们见过的坏事情，我们能听到更好的东西，真是感激啊。这小家伙唱得不错，不是吗，马南师傅？"

"是，"赛拉斯心不在焉地说，"非常好。"

那首圣诞颂歌敲击铁锤似的节奏在赛拉斯听来很奇怪，一点不像赞美诗，完全没有产生多莉所期望达到的效果。不过他还是想向她表示他很感激，而他能想到的表达感激的唯一方式就是再给亚伦一块猪油糕。

"噢，不，谢谢你，马南师傅，"多莉说，一边拉下亚伦伸出的手。"我们得回家了。那么跟你说再见了，马南师傅。要是你哪天感觉不舒服，你自己没法照顾自己，我愿意来帮你洗洗涮涮，打扫打扫屋子，再给你弄点吃的，我愿意。不过我恳求你，也会为你祈祷，礼拜天别再织布了，那对灵魂和肉体都不好——而且那样挣来的钱会成为坏床，最后勾引人躺上去。要么就会飞走，谁也不知道飞到哪儿了，像白霜一样。请你原谅我对你那么随便，马南师傅，因为我是为你好，确实为你好。亚伦，向马南师傅鞠躬吧。"

赛拉斯说了声"再见，衷心感谢你"，为多莉打开门。等她走了之后，他不禁感到非常轻松，轻松的是他又可以随意地织布，随意地哀叹。

她试图用她那些简单的关于生活、关于生活的慰藉的理解来鼓励他。可是对他来说，这些却如同向他报告某些未知之物，他根本想象不来那是什么。对人间之爱以及对神爱世人的信仰之泉仍旧未被打开，他的灵魂仍旧是一条几近干涸的溪流，唯一不同的是，溪流浅浅的沙子河道被堵塞了，它碰到障碍物，无助地迷失了方向。

就这样，尽管梅西先生和多莉·温斯洛普真心诚意地进行劝导，赛拉斯仍旧孤身一人度过了圣诞节，吃着肉，心里充满忧伤，虽然这肉是邻居们好心送他的。早上他向外望去：黑霜残酷地压迫着每片草叶，红泥塘半结着冰，在寒风中颤抖。快到晚上的时候，雪花开始飘落，遮盖了那幅荒凉的景象，把他与他的那份悲伤关在了小屋里。漫长的夜晚，他坐在惨遭偷盗的家里，也不在意百叶窗是否拉上，门是否锁上，头埋在两手之中，悲叹着，直到寒冷攫住了他，告诉他炉火已经只剩下灰烬了。

在这个世上，除了他自己之外，没有人知道，他还是以前那个曾经温柔爱人、相信那位看不见的神的赛拉斯·马南。即使对他自己，过去的经历也已变得暗淡模糊。

而在拉维洛村，欢乐的钟声敲响了，教堂里的人比一年中任何时候都多，红红的脸蛋映在枝枝绿叶之中——他们早餐用了香喷喷的烤面包和淡啤酒，已经准备好参加一个比以往更长的仪式。那些绿色的枝条，那些只有圣诞节才能听到的赞美诗和圣歌——甚至还有因为太长、操守更严、只有在特殊场合才念的阿塔纳修信经①，都模模糊糊带来了一种喜

---

① 阿塔纳修信经：传统基督教的信经之一，据说是出自阿塔纳修（4世纪）之手，因而极具权威性。阿塔纳修信经内，根据以前的信经加入奥古斯丁等教父的观点，即是圣灵不仅是出于圣父，也出自圣子，也就是所谓的圣灵"双出说"。此信经以诗体写成，共四十句教条，可分两部分：第一部分以三位一体为主题，是依据奥古斯丁的神学写成。第二部分强调基督的神人二性，道成肉身及救赎。

气洋洋的感觉，这种感觉大人们和孩子们一样无法用言语表达，因为在天堂和地狱，某件伟大而神秘的事情已经为他们而做，来到教堂就可以获得它。接下来，红红的脸蛋们又穿过凛冽的黑霜回到自己家中，觉得剩下的时间就可以自由地吃、喝、找乐子，毫不羞怯地利用基督徒的自由①。

那天在卡斯乡绅的家庭聚会上，没有人提起登斯坦——没有人因他不在而感到惋惜，或是担心他离开的时间太长了。医生和他的妻子，也就是吉博姑父和姑妈来了，每年圣诞节的客套话一点不落地都说到了。当吉博先生谈起自己三十年前在伦敦各家医院学习的经历，以及那时候搜集到的本行业惊人的趣闻轶事，谈话达到了高潮。接着，他们打起了牌。吉博姑妈年年都一样，总跟不上牌。吉博姑父呢，要是没赢，就觉得人家对他耍花招，出老千，一直怒气冲冲，跟人犯急，害得人家总得一个劲儿给他演示自己出牌完全规规矩矩，并没有出千。所有这一切都伴随着热气腾腾的掺水烈酒的香味。

不过圣诞聚会是很严格的家庭聚会，并不是红宅里庆祝这个季节而举行的最恢宏气派的活动。与他远古以来的祖先们一样，元旦前夜举办的盛大舞会才最能彰显卡斯乡绅的慷慨好客。这是拉维洛和塔雷地区所有阶层的盛典。无论是因路远又不平而相隔一方的旧朋，还是因跑掉的牛犊儿而造成误会的怨友，或是关系建立在断断续续的屈尊恩赐之上的熟人，都打算以恰当的举止出现，相互会面。为了这个盛典，美丽的淑女们坐上女用马鞍赶来，她们的薄板衣帽箱先被送了过来，里面装的不只是晚礼服，因为这个盛会可不像小地方的宴请，所有吃的东西一下子全都摆上餐桌，寝具也不够用，而且一个晚上就结束了。现在，红宅准

---

① 基督徒的自由：本指基督徒信仰耶稣之后，便可战胜死亡和肉体对人的捆绑，灵里得自由。这里用来讽刺拉维洛的村民信仰肤浅。

备充分得像个要塞,备用的羽毛床垫已经备好,铺在地板上,充足得像世代自己杀鹅的家庭一样。

高弗雷·卡斯愚蠢而又轻率地期盼着今年的元旦前夜,以至对纠缠他不休的朋友——焦虑——的话有些充耳不闻。

"登塞不久就会回家,到时候肯定会大闹一场,你怎么贿赂他,平息他的恶意,让他闭嘴?""焦虑"发问。

"噢,他元旦前夜之前不会回来,也许,"高弗雷答道,"那么我就会挨着南希坐,跟她跳舞,得到她和蔼的顾盼,即使她不愿意。"

"可是别的地方还需要钱,""焦虑"更大声地说道,"不卖掉你母亲的钻石发卡你怎么能搞到钱?你要是搞不到钱的话……"

"呃,不过也许会发生什么,让事情更容易些。不管怎样,眼前有一个乐趣,南希要来。"

"是啊,不过要是你父亲提起婚事,逼你陷入困境,而你被迫拒绝她,人家让你说明原因,该怎么办?"

"闭嘴,别来烦我。我能看到南希的眼睛,她的眼睛也会看着我,我已经感觉到她的手握在我的手里了。"

但是,即使在闹哄哄的圣诞节人群中,"焦虑"仍旧继续纠缠他,甚至大量饮酒也无法令他安静下来。

第十一章

我承认,有些女子穿一件淡褐色的大氅,戴一顶淡褐色的海狸皮帽,帽顶像个小小的平底锅,坐在女用马鞍上,肯定不会让人觉得漂亮,因为那袍子令人联想起马车夫穿的厚大衣,因布太少而剪裁得太小,只能配小肩褶,不足以掩盖相貌轮廓上的缺陷,而且淡褐色也不是能把灰黄色的脸颊衬托得活泼一点的颜色。然而,这一身打扮却更加凸显南希·兰默特小姐的美貌,她看上去非常迷人。她坐在高大挺拔的父亲身后的女用马鞍里,一只胳膊抱着他,大睁着双眼,焦虑地望着地面上那些被雪覆盖的小坑小洼在那匹叫多宾的马脚踩之下泥水四溅。画家也许会更喜欢她现在的样子,没有太多的羞怯。但是当然,当她到达红宅门口,看见高弗雷·卡斯早已准备好扶她下马鞍,她脸颊上的红晕和那一身的淡褐色形成了最为明显的对比。她真希望她姐姐普丽西拉这时候能继仆人之后,赶上前来,因为那样的话,她就会设法让高弗雷先生先扶普丽西拉了,而且同时,她也可以劝说父亲把马骑到拴马桩的踏台边,而不是在门口台阶边下马了。这真是令人痛苦,你已经对某个小伙子表示得很清楚:无论他多么希望,你已下定决心不嫁给他,可他仍旧对你格外关注。再说了，如果他确实是出于真心，为什么他的关注不一如既往呢？而不是像高弗雷·卡斯先生这样奇怪，有时候好像不想和她说话，好几周都不注意她，然后突然间，又似乎开始殷勤求爱了。而且很明显，他并不真心爱她，要不然他就不会让人家这么说，而人家确实这么说。难道他以为南希·兰默特小姐是谁都能得到的吗，不管那人是不是乡绅，还过着堕落的生活？她在她父亲身上可不常见到这样。她父亲是这一带最稳重、最好的人，只不过如果什么事情没有完全按时干好的话，他动不动就有点儿爱激动，脾气有点儿急躁。

南希小姐还没到红宅门前，一眼看见高弗雷·卡斯先生站在门口，所有这些思绪习惯性地一股脑儿冲上她的心头。令她高兴的是，乡绅也走了出来，大声跟她父亲打着招呼。就这样，在吵闹声的遮掩下，她隐藏住了自己的慌乱和对正式礼节的疏忽，而这时，一双强壮的手臂把她从马鞍上扶了下来，仿佛她又小又轻得可笑似的。雪又开始下了起来，令还在路上的人行程很不愉快，所以有最好的理由立刻进屋。路上的人只是一小拨，因为下午已慢慢过去。远路来的女士们将没有太多的时间换衣打扮，就该吃下午茶，为晚上的舞会而养精蓄锐了。

南希小姐走进大宅的时候，里面人声嘈杂，厨房里传出提琴声，咯咯吱吱，奏着新年晚会的序曲。兰默特一家的到来备受关注，屋里的人早已从窗户边注意到了。吉博太太在这样重大的场合尽着主人之谊，一看到南希小姐，随即前来大厅迎接，指引她上楼。吉博太太是乡绅的妹妹，医生的妻子，这样双重的尊贵身份，正好与她腰的直径成正比，上楼对她来说非常费劲，所以当南希小姐请求自己去找蓝屋的时候，她并没有反对。两位兰默特小姐的薄板衣帽箱早上已经送来，放在蓝屋里了。

宅子里几乎每一间卧室里都传出女士们的问候致意声，女士们都在梳妆打扮，只是进行的阶段各有不同。屋子的地板上都加了床垫，所以地方狭小。南希小姐进入蓝屋，不得不向六位女士行屈膝礼。一边，有两位最为重要的冈恩小姐,她们是来自莱塞利的酒商的女儿,穿着特别紧身的裙子,腰身特别高,非常时髦。老牧场的兰布鲁克小姐羞怯地盯着她们看,同时心里并不是没有对她们进行批评:一部分是觉得冈恩小姐们肯定会认为她的裙子太松松垮垮,一部分很遗憾冈恩小姐们太没见识,她要是她们,就不会这样不谨慎,穿得太过时髦。另一边站着兰布鲁克太太,戴着室内无檐便帽,穿着胸衣,手里拿着毛巾帽。另一位和她一样情形的太太礼貌地请她先照镜子,她于是行着屈膝礼,温文有礼地微笑着说道:"您先来,夫人。"

南希小姐刚行完礼,一位上了年纪的夫人就走上前,她雪白的细薄棉布手绢、光滑的灰白卷发上戴着的头巾帽,与她身旁女士们的黄色褶裥缎子衣服和顶上打结的便帽形成了鲜明的对比。她端庄地走到南希小姐跟前,用缓慢颤抖的声调,娴雅地说道——

"外甥女儿,我希望你身体健康。"南希小姐恭敬地吻了吻她舅妈的脸颊,用同样温柔而又端庄的口吻回答道:"我很健康,谢谢您,舅妈。我希望您也身体健康。"

"谢谢,外甥女儿,我身体一直很好。我的妹夫好吗?"

她们就这样恭敬地问候回答,详细地询问清楚了兰默特一家跟往常一样很好,奥斯古德一家也不错,聊到了普丽西拉外甥女儿肯定很快就到了,还有,下雪天虽然穿件大氅可以挡风遮雪,可是坐女用马鞍出门很不舒服,等等。寒暄过后,南希被正式介绍给了她舅妈的朋友,两位冈恩小姐,她们的母亲跟她的母亲相识。虽然如此,她们却是经过劝说,首次造访这里。这两位女士感到非常惊奇,能在这么偏僻的乡村看到这么可爱的脸蛋儿和身材。她们开始有些好奇她脱掉大氅会穿什么样的衣服。而南希小姐的思维总是合乎礼仪,温和中庸,行为举止很鹤立鸡群。她暗自评论,两位冈恩小姐五官太过生硬,要是她们肩膀长得漂亮的话,穿这么高腰的裙子就可能是因为她们太虚荣,可是她们长得就那样,没理由相信她们是想显摆才露出脖子，而是出于理智、谦虚和义务，她们才这样打扮。她一边打开自己的箱子，一边相信这也是奥斯古德舅妈的观点。南希小姐的想法总是和她舅妈的非常相似，令人惊奇，毕竟她俩并没有任何血缘关系，是奥斯古德家才使她俩有了这份亲戚关系。虽然你可能没有从她们问候时的礼貌正式这件事上认同这一点，不过舅妈和外甥女儿之间确实存在挚爱亲情和相互爱慕。即使南希小姐拒绝了她表哥吉尔伯特·奥斯古德的求婚（单单因为他是她表哥），令她舅妈非常悲伤，但是，这一点并没有改变舅妈对她的偏爱，还决定给她留下几件祖传的首饰，才不管吉尔伯特未来的妻子是谁。

其他三位女士迅速离去了，可是两位冈恩小姐很高兴奥斯古德太太愿意与外甥女儿待在一起，因为这使得她们也有理由留下来，看看这位乡村美人的妆奁。从一开始看着她打开箱笼，闻到薰衣草和玫瑰叶子的香味，一直到小小的珊瑚项链完美地挂在她可爱雪白的脖子上，可真是令人愉悦啊。南希小姐的每一件东西都精致纯洁，整齐干净。除衣服上原有的褶子之外看不到一丝皱褶，雪白的亚麻白得一尘不染，针插里的饰针别得整整齐齐，不容半点马虎。而她本人呢，也像只小鸟一样，同样极其干净整洁。没错儿，她浅棕色的头发虽然后面像小伙子一样剪得很短，前面额头上方梳成很多不太卷的圆圈，可是再没有哪个发型能像这个一样把南希小姐的脸颊和脖颈衬托得如此漂亮。当她最终穿戴完毕，一袭银色的斜纹丝礼服、围着镶花边的饰纱、戴着珊瑚项链和耳坠站在那里时，两位冈恩小姐觉得除了她的双手之外全都无可挑剔。从那双手上可以看出做黄油、挤奶酪，甚至做更粗的活儿留下的痕迹。但是南希小姐对此却丝毫不感到羞愧，她甚至一边打扮，一边给舅妈讲述昨天怎么和普丽西拉一起包扎箱笼，因为今天早上是烤面包糕点的时间，还有由于要离开家，所以她们希望能多做点儿肉馅饼存起来。发表完这一番很有见地的讲话之后，她转过头对两位冈恩小姐说，没有跟她们交谈太失礼了。冈恩小姐们生硬地笑了一下，心想，这些乡下人能买得起这么好的衣服（南希小姐的花边和丝质礼服确实都很昂贵），怎么就被这样无知粗俗地养大，真是可惜。她把"肉"说成"奏"，把"也许"说成"也乎"，把"马"说成"哈"。长在莱塞利上流社交圈里的年轻小姐们虽然也习惯在家里私下把"马"读作"骂"，但只在恰当的场合才说"也乎"，对此她们当然会感到震惊。确实，南希小姐从未上过比泰德曼夫人办的女子学校更高的学府，她对世俗文学的认识也仅限于她那刺绣作品上羔羊和牧羊女下面绣的几首诗歌。要是给人结账呢，她必须亲眼看着先令和六便士的硬币从总数中一个个拿走，才能算清减法。今天，几乎个个女仆都比南希小姐更加知识渊博。但是即便如此，南希小姐仍旧具备一个淑女的基本要素——极其诚实可靠，待人接物细腻敬重，对人尊敬有礼，个人习惯高尚优雅。要是这些还不足以说服那些说话语法标准的人，让她们相信南希小姐跟她们没有多大差异，我再加上一点：她稍微有点傲慢，有点爱较真儿，对空穴来风的观点充满感情，像对待犯错的情人一样坚定不移。

珊瑚项链扣好时，她愈加挂虑姐姐普丽西拉。很高兴，终于不用担心了，那位一脸快活的女士走进门来，脸冻得通红，湿漉漉的，显得邋里邋遢。一番问候过后，她转向南希，从头到脚审视着，然后推她转过身去，看看后面是否同样完美无瑕。

"你觉得这些礼服怎么样，奥斯古德舅妈？"当南希帮她换衣服时，普丽西拉问道。

"真的非常漂亮，外甥女儿。"奥斯古德太太回答道，口气稍微更正式了一些。她总觉得普丽西拉太粗鲁。

"没办法，我只好和南希穿成一样的，尽管我比她大五岁，而且这衣服衬得我脸黄拉拉的。可我不穿一模一样的，她也不穿，因为她想显示我们是姐妹俩。我对她说，人家会认为我太差劲儿，幻想着穿一样的就能和她一样漂亮。因为我长得丑,无法否认这一点,我长得像我父亲家族的人。可是,天!我不在乎,你们在乎吗?"普丽西拉扭头对两位冈恩小姐说。她光顾着高兴地喋喋不休,而没有注意到大家并不欣赏她的直率。"漂亮人儿像捉苍蝇的,把男人都吸引走了。我对男人评价不高,冈恩小姐,不知道你们怎么认为。整天从早到晚琢磨着他们怎么看你,把自己弄得烦恼不堪。他们不在眼前的时候,又坐立不安,想知道他们究竟在干些什么——我告诉南希,女人要是有个有钱的父亲,有个舒适的家,就没有必要受这种愚蠢行为带来的罪。把男人们留给那些没有财产、没有法子的女人吧。要我说,'我行我素'先生才是最好的丈夫,我愿意听从的就他一个。我清楚,人要是已经习惯了过奢华的日子,掌管大桶大瓮大的家业,那么去坐在别人家壁炉边,成了人家的人,或是自己一个人过,可怜地吃着牛脖肉或是牛膝肉,啃着骨头,这些都令人很不舒服。可是,感谢上帝!我父亲清醒冷静,而且会长寿。要是家里有个男人坐在壁炉角,那么他幼稚不幼稚也没多大关系——事情也不会因此而做不下去。"

这时候要把窄窄的礼服套过头而不弄乱平整的卷发,迫使普丽西拉小姐停止谈论她对生活的感悟。奥斯古德太太抓住机会站起身来,说道——

"好啦,外甥女儿,你们随后来吧。两位冈恩小姐想下去了。"

"姐姐,"当只剩下她们两人时,南希说,"你冒犯了两位冈恩小姐,我敢肯定。"

"我干什么啦,孩子?"普丽西拉有点惊慌地问道。

"你问人家是否在乎长得丑——你太鲁莽了。"

"天,我问了吗?唉,那些话自己冒出来了。我没说太多简直是幸运,跟那些不喜欢说真话的人在一起,我总是很坏。可是说丑啊,看看我,孩子,穿着这件银色丝绸礼服——我告诉你怎么样——显得像水仙花那样黄拉拉的。大家肯定会说,你把我弄得像个稻草人。"

"不是的,普丽西,别这么说。我又是乞求又是拜托,你要是更喜欢另一件,咱们就不要这一件。我愿意让你选,你知道我是愿意的。"南希急忙为自己辩解。

"别狡辩,孩子!你中意的就是这件,原因很简单,因为你皮肤白得像奶油。你穿着好的要是配我的皮肤,那再好不过了。我抱怨的是你不应该认为我必须跟你穿的一样。但是你对我总是随心所欲——从你刚开始走路时起,就总是这样。你要是想走到田野尽头,你就非得走到田野尽头。也不能用鞭子揍你,因为你一直看上去像雏菊一样一本正经,天真无辜。"

"普丽西,"南希一边替姐姐扣上珊瑚项链,一边柔声说道,一模一样的项链挂在普丽西拉的脖子上,却跟她相差甚远,"我敢保证,只要正确,我愿意让步。可是如果是姐妹,谁不应该穿得一模一样呢?难道你愿意看到到哪儿我们俩显得好像没有血缘关系吗?像我们这样,在世上没了母亲又没有别的姐妹。我愿意做正确的事情,哪怕穿那件染成奶酪色的礼服。我宁愿让你来选,我会穿你喜欢的。"

"你又来了!要是人家从礼拜六晚上跟你谈论到礼拜天早上,你也会绕着同样的话题。要是能看到你怎样用不高过水壶开了时的声响那么大的嗓门来征服你的丈夫,那该多有趣啊。我喜欢看到男人被征服!"

"别说这了,普丽西,"南希说,羞红了脸,"你知道我从不打算结婚。"

"哼,瞎扯淡,你从不打算!"普丽西拉说道,一边收拾起脱下来的衣服,合上箱笼。"等父亲去世了,你要是因为某些人不那么好而决定当个老姑娘,那么我该为谁再继续干活啊?我对你没半点耐心——老坐在一只坏了的鸡蛋上孵着,好像世界上再没有新鲜的蛋了。两姐妹中有一个老姑娘就够了。我会为独身生活增光添彩,因为这是全能的上帝的意思。走吧,我们可以下楼了。我这个稻草人已经准备停当——现在戴好这耳吊子,样样都不缺,足以吓走乌鸦喽。"

当两位兰默特小姐一起走进大厅时,不清楚这两位人品的人可能都以为,宽肩膀、行动笨拙、高颧骨的普丽西拉与妹妹一样的打扮,要么是因为其中一位爱慕虚荣,弄巧成拙,要么就是另一位恶意陷害,为了更好衬托出自己的旷世美貌。不过普丽西拉天性随和,忘我快活,富有常识,很快就打消了我们的第一个怀疑,而南希说话举止谦恭适度、冷静沉着,清楚地显示了她的心灵中没有任何阴谋诡计。

在有护壁板的大厅里靠近茶桌上首的地方,已经为两位兰默特小姐预留了座位。大厅现在看上去焕然一新,从茂密的老花园里采来的美丽的冬青、紫杉和月桂枝条把它装点得令人赏心悦目。当南希看到高弗雷·卡斯先生向她走来,引导她坐到他和克拉肯索先生之间的位子上(普丽西拉则被带到桌子对面她父亲和乡绅之间)的时候,即使她意志再怎么坚定,仍旧感到心里一阵慌乱。对南希来说,她已经放弃了的恋人在教区地位最为重要,他家里有这么令人肃然起敬、她曾见过的最辉煌和最独具一格的客厅,当然对她很有影响。她本来可能某一天成为这个客厅的女主人、乡绅的妻子,听人尊称自己为"卡斯夫人"。这样的情境看在她眼里,令她心潮澎湃,也更加使她打定主意,即使最眩目的地位也别想引诱她嫁给一个举止轻率、性情散漫的人。可是真诚纯洁的女人遵循一条至理名言:"爱过一次,爱到永远。"再没有男人能对她行使权利,因为那会让她毁掉她珍藏的爱情的干花。她会永远珍藏着它,为高弗雷·卡斯而珍藏它。即使在任何考验面前,南希也能够遵守自己的诺言。她在克拉肯索先生旁边坐了下来,这时脸蛋恰好羞红了,暴露了她的内心。本来,她天生行动机敏,美丽的双唇紧闭,坚定沉着,不容易显得心情烦乱。

牧师可不会放过欣赏、赞美这迷人羞赧的机会。他一点都不高傲自大,耍贵族派头,而是个满眼的快活、小鼻子小脸儿、头发灰白的人。一块大大的、有许多层褶子的白色领巾支撑着他的下巴,仿佛是他整个人身上高高在上、决定一切的东西,而且它那奇怪的特性与他的谈话融为一体,所以要是把他的亲切随和与这块领巾分开的话,那可就显得太心不在焉了,这样做很严重,也许很危险。

"哈，南希小姐，"他转过埋在领巾里的头，愉快地微笑着，朝她跟前凑过来，说道，"人人都说今年冬天很严寒，但是，我将告诉他们，在新年前夕我看到玫瑰正在绽放。呃，高弗雷，你觉得呢？"

高弗雷没有回答，而且尽量避免明目张胆地看南希，因为尽管恭维赞美女性在拉维洛老派社交圈里被看作品味高雅，但是恭恭敬敬的爱情本身包含着礼貌，这对那些在这方面教养不够的男人是个教训。不过乡绅看到高弗雷这样有失风度，非常不耐烦。今天这样的高潮时刻，乡绅总是比我们在早餐桌上看到的他更加情绪高涨，能履行他祖传下来的职责，快快活活招待大家，他感到非常愉快。他大大的银鼻烟壶一遍一遍地递给所有的乡邻，忙活个不停，尽管他们不断谢绝这份恩赐。目前，乡绅还只是明确地对来参加聚会的家长们表达了欢迎之意，不过等到时间再晚些，他慷慨好客的光芒就会照耀到更多人的身上。最后，最年轻的客人的背他也拍到了，也表达了对他们的到来的特别喜悦，一边心里非常自信，相信他们因为能生活在这样好的教区，还有这样诚恳热情的卡斯乡绅邀请他们，并祝他们一切都好，肯定感到非常幸福。现在，虽然乡绅的快活情绪才处于初级阶段，他也很自然地希望弥补儿子的过失，替他瞧瞧南希，回答牧师的问题。

"是啊，是啊，"他开始说道，一边向兰默特先生递上鼻烟壶，而兰默特先生第二次点头致意，摆了摆手，生硬地拒绝了。"看着白厅里挂着的槲寄生枝，我们这些老家伙真希望自己今晚能变年轻。没错，这三十年来，大多数事情都走下坡路啦——自从老国王①患病以来，国家日渐衰

---

① 指英王乔治三世（1738—1820），其于1760年即位。在晚年，乔治三世饱受失明、失聪、精神错乱的折磨。自1780年起，其长子威尔士亲王乔治曾几次担任摄政王，直至乔治三世驾崩。乔治三世本人十分喜爱农业，在他的鼓励下，英国农业革命在其治下步入高潮。乔治三世在位期间，大不列颠在七年战争中击败法国。1789年，法国爆发了大革命，法国王室被推翻，不列颠的地主士绅对此感到非常忧心。1793年，法国更对大不列颠宣战，乔治遂容许提高税率、扩充军队。后又发生了拿破仑战争。

微。但是当我在这里看到南希小姐,我开始觉得,姑娘们的品质未变。我要是能想起,自打我还是个优雅的年轻小伙子,还很在意自己的发辫和发型时起,有谁能赛过她,打我也无妨。无意冒犯您,夫人,"他加了一句,向坐在他身旁的克拉肯索太太低头致意,"您像南希小姐这个年纪时,我还不认识您。"

克拉肯索太太是个心神不宁的小个子女人,一个劲儿眨着眼睛,不停地一会儿弄弄她的花边和缎带,一会儿摸摸金链,一会儿扭头到处乱瞅,发出窸窸窣窣的声音,非常像个储钱的畿尼猪,抽着鼻子,总是自顾自地自言自语。她眨巴眨巴眼睛,慌忙地对乡绅说道:"哦,不——不冒犯。"

乡绅对南希这一强调性的赞美,每个人,包括高弗雷,都感觉到意义重大。南希父亲又把背往直了挺了挺,满意而又庄严地看了看桌子对面的女儿。这位庄严礼貌的贵人并没有因想到要与乡绅结为亲家而扬扬得意,丢弃一丁点儿尊严。他对给予自己女儿的荣誉感到满意高兴,但他要先看看高弗雷有无改变,然后才会恩赐同意这桩婚事。他清瘦健康的身材,颧骨高高、肌肉紧实的脸,看上去从未因饮酒毫无节制而发红,不仅与乡绅,而且与拉维洛所有的农夫看上去形成鲜明的对照。这完全符合他最爱说的一句话:"品种好胜过后天吃草。"

"但是南希小姐的母亲也一样很美好,不是吗,吉博?"也姓这个姓的健硕女士问道,四处找她的丈夫。

可是瘦小灵活的吉博医生(旧时候,乡村药剂师虽然没有医生证书,但也享有这个头衔)正手插在口袋里,在大厅里轻盈地走来走去,本着医学的公正性,讨着他的女病人们的欢心,凭着医生世家的权利,到哪儿都受欢迎。他可不像那些穷困潦倒的药剂师,在异地他乡四处兜揽生意,收入可怜,代步工具——唯一的一匹马也经常食不果腹。他资产雄厚,和他最富有的病人一样,有能力摆上奢华的宴席。远古以来,拉维洛的医生一直出自吉博家，吉博自然而然就是医生的代名词。但是，现在的吉博并无子嗣，所以他的这个行业某一天可能就会传到哪个姓泰勒的或约翰逊的手里，听上去都别扭。这个令人忧郁的事实真是很难令人多想。不过，如果那样的话，拉维洛明智一些的人就会雇用弗里敦的布里克医生了，因为那样更自然些。

"你在跟我说话吗，亲爱的？"这位真医生快步走到妻子身边，问道。可是，好像预见到她再重复刚才的话就会喘不上气来，他赶紧接着说："哈，普丽西拉小姐，看见你，又让人想起你那绝妙美味的猪肉馅饼。我希望你这一炉馅饼还没吃完。"

"吃完了，确实是，医生，"普丽西拉答道，"不过我保证下一炉会和以前一样棒。我的猪肉馅饼不是偶尔一两次做得好。"

"不像你的医术吧，呃，吉博？因为乡亲们都忘了吃你的药了，呃？"乡绅说道。他尊敬医药和医生，如同虔诚的牧师尊敬教堂和圣职人员，身体健康的时候拿他们开个玩笑，要是浑身不对劲儿的时候则急不可耐地寻求他们的帮助。他轻轻敲着鼻烟盒，扫视着周围，得意地笑着。

"啊，她很风趣，我的朋友普丽西拉很风趣，"医生说，宁愿把讲妙语的荣誉归给一位淑女，也不愿让他的大舅子占了上风，"她省了点胡椒洒在她说的话里，这就是为什么她的猪肉馅饼里胡椒不太多的原因。像我夫人啊，她这人回答人的问话总是慢吞吞，可是要是我冒犯了她，她第二天肯定会用黑胡椒辣破我的喉咙，要不然就给我吃没味的蔬菜，让我腹部绞痛。这样一报还一报真是糟糕啊。"说到这儿，活泼风趣的医生扮了个可怜相的鬼脸。

"您听过这话吗？"吉博太太愉快地牵动长着双下巴的脸，头扭向一边，大笑着对克拉肯索太太说。克拉肯索太太眨着眼睛，点点头，似乎打算笑一笑，可是用了很大劲儿，又抽鼻子又叽里咕噜，微笑早变味儿了。

"我猜你的职业里才这么一报还一报吧，吉博，要是你对哪个病人心怀怨恨。"牧师说。

"我从不对病人心怀怨恨，"吉博先生说，"只有当他们不在我们这儿看病时才会，可那样就报不了啦，你瞧，咱们没有机会给他们开药了嘛。哈，南希小姐，"他继续说道，突然跳到南希身边，"你不会忘了你的诺言吧？你要跟我跳一支舞，你知道。"

"得啦，得啦，吉博，你别赶得太前了，"乡绅说，"让年轻人公平竞争吧。你要是把南希小姐带走了，我儿子高弗雷就要找你打一架了。他已经跟她预约了第一支舞，我保证。呃，先生！说说吧？"他继续说道，身子往后一靠，看着高弗雷，"难道你没有请求南希小姐和你跳首场舞？"

听到父亲这么意味深长的强调，高弗雷感到很不自在，不敢去想晚饭前后他父亲慷慨好客招待大家喝酒何时到头。他看到无路可退，只好转向南希，尽量大方自然地答道：

"没有，我还没有问她，但是我希望她会同意——如果我前面没有别人的话。"

"没有，我没有预约，"南希安静地说道，可是脸红了。（如果高弗雷先生因为她同意与他跳舞，就以为自己有什么希望，那么他很快就会清醒过来。但是南希没有必要失礼。）

"那么我希望你不反对与我跳舞。"高弗雷说，又开始忘乎所以，忘了这样安排有什么不对劲。

"不，不反对。"南希冷冷地答道。

"啊，你是个幸运的家伙，高弗雷，"吉博姑父说，"不过你是我的教子，所以我不会挡你路的。我还不是太老，呃，亲爱的？"他又蹦到妻子的身边，问道，"你不会介意你去世后我娶第二位太太吧，如果我先哭上好一阵子？"

"来，来，喝一杯茶，堵上你的嘴，来吧，"心情欢快的吉博太太说，看到丈夫伶俐逗人，受大家欢迎，她感到有点自豪。要是他打牌的时候别那么烦人就更好啦!

当稳健、久经考验的人们这样把下午茶会弄得生机活跃的时候,提琴声清晰地传了进来,弄得年轻人全都急不可耐地互相张望,等不及把这顿饭吃完。

"嘿,所罗门在大厅里了,"乡绅说道,"演奏着我最喜欢的曲子,那首《亚麻色头发的犁田小伙》。他在提醒我们太慢了,得快点去听他的演奏。鲍勃,"他喊自己在房子另一头的大个子老三,"把门打开,让所罗门进来。让他在这儿给我们拉一曲。"

鲍勃照着办了,所罗门走了进来,边走边拉着提琴,因为曲子拉一半儿的时候停下来他可不干。

"到这儿,所罗门,"乡绅以主人的身份大声地下达命令,"就在这儿,伙计。啊,我刚才就听出来是《亚麻色头发的犁田小伙》,再也没有比这首更好听的啦。"

所罗门·梅西是个健壮的小个子老头,一头浓密的白发几乎垂到肩上。他走到乡绅指定的地方,边拉琴边恭敬地鞠了一躬,表达他对大家的敬意,虽然他更尊敬他的音乐。那首曲子拉了几遍之后,他拿下琴,又一次向乡绅和牧师鞠了一躬,说道:"我向您二位致意,祝您二位健康长寿,新年快乐。还有兰默特先生,以及在座的其他绅士们、夫人们和年轻的小姐们,也祝你们健康长寿,新年快乐。"

说完,所罗门担心自己会有所疏漏,又朝着四周关切地鞠躬。然后,他立刻又拉起了另一首曲子,心里清楚这首会得到兰默特先生的赞赏。

"谢谢你,所罗门,谢谢你,"等琴声停了下来,兰默特先生说道,"那是《山那边遥远之处》,是那首。过去每次听到这首曲子,家父常对我说,'啊,儿子,我来自山那边遥远之处。'有许多曲子我都不知道唱的什么,可是这首在我听来如同画眉在对我鸣叫。我想就是这名字,曲名里头蕴含的东西太多了。"

可是所罗门早已等不及，又立刻活力四射地拉起了《罗杰·德·考文礼爵士》。听到这首曲子，屋子里响起了向后拉椅子和大笑的声音。

"哎，哎，所罗门，我们知道这首曲子是什么意思，"乡绅说着站了起来，"到跳舞的时间了，呃？那么，带路，我们所有人会跟着你。"

所以，所罗门歪起他满是白发的头，起劲儿地拉着琴，领着一队人马快活地走进了白厅，那里挂着槲寄生枝，许多支蜡烛把大厅照得光亮璀璨，烛光闪烁在结着鲜红果实的冬青枝上，映照在白色护壁板上老式的椭圆镜子里。多么古雅的队伍！衣着褴褛、白发苍苍的老所罗门似乎在用他有魔力的琴声诱引着这群体面人——诱引着谨慎的戴着头巾帽的已婚妇女们，不，克拉肯索太太的帽子上插着直直的羽毛，羽毛尖才到乡绅的肩膀——诱引着漂亮的姑娘们，她们对自己腰身非常高，前面平整、毫无褶皱的裙子非常满意——诱引着魁梧的、穿着五颜六色马甲的父亲们，以及脸蛋红红的儿子们，他们大多数很腼腆、局促不安，穿着短短的裤子和燕尾非常长的礼服。

梅西先生和一些有特权的村民得到允许，可以作为旁观者参加这些宏大的场合。他们已经在放在门口、为他们而准备的长凳上就座，看到跳舞的男男女女已成双成对准备就绪，不住地赞赏，感到非常满意。乡绅和克拉肯索太太领舞，与牧师和奥斯古德太太拉着手。就应该是这样，每个人都对此习以为常，这一庆典似乎给拉维洛的宪章注入了新的活力。老年人和中年人在坐下来打牌之前跳会儿舞，并不被认为是不合时宜、轻浮不稳重，而是他们社会职责的一部分。因为，在这么合适的日子里，要是不轻松快活，不相对频繁地互相拜访、互送家禽，不说些睿智的老套话互相赞扬，不开些经久不衰的玩笑，不殷勤地劝来访乡邻吃好喝好，不在乡邻家里大吃大喝，显示你喜欢精神振奋、心情愉快，那有什么意思呢？牧师很自然地在履行这项社会职责方面起了很好的表率作用。拉维洛人从未得到什么奇异的启示，所以在他们心里，牧师根本不可能是一位面色苍白、庄严古板的老古董，而自然是一个有缺点的人，他独一无二的职权不仅包括在教堂里祈祷、讲道、给大家施洗、主持婚礼和葬礼，自然还包括出卖葬身之地、收取农业十一税。对于这最后一项当然有一些不满，但还没有到背信宗教的程度——一点儿也不带有藐视神明的意思，和抱怨天下雨差不多，而在抱怨的同时，又期盼祈求好天气的祷告赶快念下去。

所以没有理由去问，为什么大家从不考虑牧师是不是也和乡绅一样适合参加舞会这个问题，也没有理由问，像梅西先生这样头脑异常敏锐、肯定会思考自己易犯错误的同胞的行为的人，为什么他职务上对牧师的尊敬并没有制止他对牧师的舞姿进行批评。

"相对于他的体重来说，乡绅跳得挺轻快的，"梅西先生说，"而且他跺脚跺得出奇得好。兰默特先生在外形上胜过所有人，你看他的头像个军人一样挺得直直的。他不像大多数老绅士那样软塌塌的——他们基本上都变得很胖。他的腿也长得很好。牧师非常敏捷，不过他的腿长得不太行，下边太粗，还有点儿罗圈，虽然不伤大雅。不过他跳得比预想的要好，本来可能会更差劲儿，会更差劲儿。只是他挥手的时候没有乡绅那么气派。"

"说到敏捷，瞧瞧奥斯古德太太，"本·温斯洛普两腿之间夹着儿子亚伦，说道，"她步子轻快，迈得又小，都看不出她是怎么迈的步子——好像她脚上戴着一副小轮子。跟去年相比，她看上去一点都没变老。我觉得她最优雅、最漂亮，要是还有第二个，爱谁谁吧。"

"我从不注意女人长什么样，"梅西有些轻蔑地说道，"她们既不穿外套，也不穿裤子，很难看出她们的身材。"

"爸爸，"亚伦开口了，脚还在忙活着随着曲子打拍子，"那个大公鸡毛怎么插到克拉肯索太太的脑袋上去的？是不是她头上有个洞，就像我的羽毛毽子那样？"

"嘘，小子，嘘。淑女们就是那样穿戴的，就是那样，"这位父亲说，但是又低声对梅西先生说，"不过她确实看上去挺滑稽的，有点儿像短脖儿瓶子里插了根长鹅毛。嘿，哎呀！小乡绅开始领舞啦，南希小姐是他的舞伴！多好的姑娘！像一丛粉红雪白的小花束，谁也想不到还有谁能这么漂亮。她要是哪一天成了卡斯夫人，我不会惊讶的，没有人能比她更合适了，因为他俩会配成很好的一对。梅西，你挑不出高弗雷少爷体形的任何毛病，我愿意赌一便士。"

梅西先生努起嘴巴，眯起双眼，脑袋向一边又歪了歪，快速地转着大拇指，眼睛紧盯着跳舞中的高弗雷。最后，他终于得出了结论。

"下身儿很不错，不过肩膀有点太圆，有点溜肩。至于外套嘛，他是在弗里敦的裁缝那儿做的，裁剪得很差，还付了双份价钱。"

"啊，梅西先生，你跟我不是一路人，"本说，有点儿气愤他吹毛求疵，"我要是有一坛子好啤酒，我只是喝了它，自己心里舒坦，而不是闻一闻、看一看，琢磨着挑酿酒的毛病。我真愿意你能挑出哪个年轻人比高弗雷少爷胳膊腿儿长得更顺溜，看谁能像他那样，有精神头、快快活活的时候，轻松把人打趴下，或是像他那么讨人喜欢。"

"哼！"梅西先生被激怒了，变得更为严厉。"他还没到时候，有点儿像没烤熟的馅饼。而且我怀疑他没脑子，要不然怎么会被那个可恶的登塞随意玩弄——最近都没人看见他——让他害死了那匹好猎马，让整个乡里谈论得沸沸扬扬？而且有一阵子他总在追南希小姐，可接下来又不追了。叫我说啊，就像热粥，闻着香，可没搁多久就凉了。我那时候追别人，才不这样呢。"

"啊，也可能是南希小姐犹犹豫豫，把这事给晾起来啦，可你追的姑娘没有那样做。"本说。

"她是没有，"梅西先生强调道，"我要是准备说'东'，就会注意弄清楚她不会说'西'，而且快得很。我才不会像狗张开嘴对着苍蝇，又啪的一声合上了,最后什么也没吞下去。"

"哎,我看南希小姐又回心转意了,"本说,"因为高弗雷少爷今晚看上去不那么情绪低落。我看见他要带她到一边坐下,看,他们转到舞场边上了,他们看上去很甜蜜,是很甜蜜。"

高弗雷和南希离开舞场的原因却不像本猜想的那样甜蜜。舞场里对对舞伴挤来碰去,南希的裙子出了点儿状况,因为裙子前边短,刚好露出她优雅的脚踝,可后边却很长,被乡绅威严高贵地一跺脚踩住了,腰上开了线。普丽西拉这个当姐姐的心里很是着急,南希也很担心。人是会内心充满了爱情的斗争,可是也不会自身机构出了问题还毫无察觉。南希刚跳完组合舞步,就立刻红着脸对高弗雷说,她不得不退场坐下来,等着普丽西拉到她跟前来。两姐妹早已短短耳语了几句,谨慎地交换了个意味深长的眼神儿。再没有比这更紧急的原因,能说服南希给高弗雷如此良机,让他与自己单独坐到一旁。而高弗雷呢,能和南希跳乡村舞①,魔法般地令他其乐陶陶,以至忘记了焦虑。他趁着南希手忙脚乱,胆子又大了起来,没有追问,立刻带着她离开舞场,来到相邻的支着牌桌的小客厅。

"哦,不,谢谢,"南希一发现他要进小客厅,马上冷淡地说,"不进去了。我在这儿等普丽西拉过来。很抱歉我这么麻烦,害你跳不成舞。"

"啊,你在这儿一个人会更自在,"高弗雷圆滑地说,"那我把你留在这儿等你姐姐吧。"他说话的语气显得很不在乎。

这个提议很适宜,正是南希盼望的。可是为什么听到高弗雷先生这么说,她有一点点受伤的感觉?他们走了进去,她背对着一张牌桌,以一副最生硬、最拒人于千里之外的姿势坐了下来。

"谢谢,先生,"她很快说道,"我不想给你造成更多麻烦。我很抱歉

---

① 乡村舞:英国的一种土风舞,男女面对面排成两列或面向内排成四边形而共舞。

你找了这么个运气不佳的舞伴。"

"你心眼太坏了,"高弗雷站在她身旁,一点儿离开的迹象都没有,说道,"说跟我跳舞感到抱歉。"

"哦,不,先生,我根本无意讲坏心眼的话。"南希说,她看上去一本正经,却又漂亮非凡,令人想入非非。"绅士们有这么多快乐可寻,所以一支舞曲也没多大关系。"

"你明白不是那样。你知道跟你跳一曲对我来说比世上任何其他乐趣更重要。"

高弗雷已经很长很长时间没有说此类直截了当的话了,南希听了大吃一惊。但是出于本能的自尊,又讨厌表露任何情感,所以她仍旧一动不动地坐在那里,只是说话的口气更决绝了。

她说:"不,确实,高弗雷先生,我不知道。相反,我想得完全不一样,理由很充分。即使是真的,我也不愿意听。"

"那么,你永远都不原谅我吗,南希——不管会发生什么,永远不觉得我好——你永远不认为现在可以补救过去吗?即使我变好,不去做任何你不喜欢的事情,你也不原谅我?"

高弗雷还是有些意识到,这个突如其来的与南希单独讲话的机会让他忘了形,但是盲目的感情还是操纵了他的舌头。听出高弗雷话里的意思,南希真的感到非常心烦意乱。他的情感表白太强烈,很危险地压迫着她,以至她用尽所有力气也很难自持。

"任何人变好我都会很高兴,高弗雷先生,"她回答道,语气有点儿改变,稍稍可以听得出来,"不过,不需要改变会更好。"

"你心太硬了,南希,"高弗雷发脾气说,"你可以鼓励我让我变好嘛。我很痛苦——可你却毫无感情。你从不可怜我,你不在乎我。"

"我认为那些自打一开始就没有做对的人才没多少感情。"南希说道,一边情不自禁地迅速瞥了高弗雷一眼。那短短一瞥令高弗雷一阵窃喜,很高兴地激她继续和他吵嘴。南希却缄口不语,态度坚定,令他恼怒。但是她也不是对他漠不关心,可是——

这时候,普丽西拉急急忙忙走了进来,说:"哎呀呀,孩子,咱们来看看你的裙子。"打断了高弗雷继续吵下去的希望。

"我想我得走了。"他对普丽西拉说道。

"你走还是留跟我没关系。"这位直率的女士回答道,一边眉头微皱,专注地在口袋里摸索。

"你想让我走吗?"高弗雷看着南希问道。南希已在普丽西拉的命令下站了起来。

"随你便。"南希回答说,尽量恢复她刚才那副冷漠的样子,一眼不眨地看着裙子的褶边。

"那我留下来好啦。"高弗雷说,轻率地决定今晚尽其所能地享受这种快乐,不去考虑明天如何。

第十二章

当高弗雷·卡斯不断喝着忘记忧愁的美酒，享受着陪伴南希的甜蜜，心甘情愿忘掉那在其他时刻啮蚀他、折磨他，给他阳光灿烂的心情掺上焦灼恼恨的秘密婚约时，他的妻子怀里抱着孩子，正迈着缓慢的步子，深一脚浅一脚地走在通往拉维洛村积雪覆盖的乡间小路上。

她这次元旦前夜来，是预谋好报复高弗雷所采取的行动，自从高弗雷有一次情绪激动，大发脾气，告诉她自己宁愿死也不会承认她是他的妻子以来，她一直心存此意。元旦前夜，红宅里将举办盛大晚会，她知道她的丈夫会笑迎宾客，悦情纳意，把她藏在心里最黑暗的角落。她要践踏他的快乐，她要穿着她肮脏褴褛的衣服，带着那张曾经漂亮无比、现在却姿色衰退的脸，抱着头发和眼睛酷似她父亲的小孩，向乡绅挑明：她是他长子的妻子。通常，痛苦的人总免不了认为，他们的痛苦是那些不痛苦的人造成的。莫莉明白，她的破衣烂衫不是她丈夫粗心疏忽，而是她自己的肉体和灵魂已被鸦片这个魔鬼奴役，只剩下一点母亲的柔情，没有把饥饿的孩子也交给魔鬼。她对此非常清楚，然而当她意识清醒，想到自己缺衣少吃、潦倒堕落的时候，她的自哀自怜却又慢慢不断地演变成对高弗雷的怨恨。他很富有，如果她行使她的权利，她不也就富有了嘛。她相信高弗雷肯定后悔和她结婚，心里清楚这场婚姻令他痛苦不堪。这更加激起了她的报复心。即使在最纯净的地方，听着来自天上人间最好的教导，我们也一般不太会进行公正的思考，作自我批评。而在莫莉这个酒吧侍女记忆的天堂里，只有飘飘的粉红丝带和与绅士们的打情骂俏,那些拍打着雪白翅膀的温柔使者又怎能飞进她毒气熏天的家呢？

她很早就出发了，可是却在路上磨磨蹭蹭，懒惰地觉得在哪个暖和的地方先躲躲，雪可能慢慢就停了。她避雪的时间太长了，连她自己也不清楚有多久。当她发现她被困在积雪覆盖、漫长无比、崎岖不平的乡间小路上时，即使跃跃欲试的报复心也难以激励她的斗志了。七点了，这时候她离拉维洛已经不远，但是乡间小路千篇一律，她不够熟悉，不知道离自己的目的地还有多远。她需要能给予她安慰的东西，而唯一能满足她的是藏在她怀里的那熟悉的魔鬼。但是当掏出剩下的那一点儿黑色的东西送到唇边的时候，她犹豫了一下。那个时刻，母爱恳求她恢复痛苦的意识，恳求她，宁可胳膊累得直不起来，也不要麻木得感觉不到怀中那亲爱的小包袱。可是很快，莫莉把什么东西随手一扔——不是剩下的那点黑色东西，而是空瓶。她继续向前走去。云有些开了，天空不时洒下朦胧星光，雪已经停了，一阵寒风吹起。但是她走着走着，越来越瞌睡，一边不知不觉把熟睡的孩子更紧地抱在怀里。

悄悄地，魔鬼又开始施行它的诡计，寒冷和疲惫也来助纣为虐。很快，她什么也感觉不到，只有一个蒙蔽了她去想接下来怎么办的渴望，这个渴望就是躺下来睡觉。她已来到了一个地方，这里没有树篱引导她的脚步，所以尽管四周一片白茫茫，星光更加明朗，她还是迷迷瞪瞪，迷失了方向，辨认不出任何物体。她挨着一丛稀稀拉拉的金雀花枝干，精疲力竭地躺了下去，多方便的枕头，厚厚的雪当床，也很柔软。她没有感到床很冷，也没留心孩子是否会醒来哭着要她。她的胳膊仍旧本能地没有松开，小家伙还在睡着，温顺得好像睡在镶着花边的摇篮里。

但是终于，她身体完全僵硬了，手指上的劲儿没了，胳膊松开了。这样，孩子的小脑袋从她怀里滚了下来，蓝蓝的眼睛睁得大大的，看着冰冷的星空。一开始她只是有点不快，哭喊着叫"妈咪"，努力寻找着妈妈枕头一般的胳膊和怀抱。可是妈咪的耳朵"聋了"，胳膊枕头也向后滑去。突然，当这孩子向下滚到妈妈湿漉漉的膝盖上的时候，她的眼睛看见了白白的雪地上明亮闪烁的灯光。她已过了婴儿期，立刻专心致志地瞅着那明亮跳动的东西朝她走来，却永远走不过来。她得抓住那明亮活泼的东西。立刻，孩子朝前爬去，抬起一只手去抓那束光。可是那样可抓不住光线。她抬起头，想看看那狡猾的光是从哪儿来的。那光来自一个非常明亮的地方。小家伙站了起来，在雪地上摇摇晃晃地走了起来，那条包裹她的又脏又旧的围巾拖在身后，她古怪的小帽在背后摇来晃去。就这样，她走进了赛拉斯·马南开着门的小屋，径直来到温暖的壁炉前。壁炉里木头燃着旺旺的火，把马南摊开晾在砖头上的旧麻袋（赛拉斯当作大衣）烤得非常暖和。小家伙早已习惯了长时间被妈妈放在一边不管，这时候在麻袋上蹲了下来，朝着火苗伸开小手，非常心满意足，嘴里叽里咕噜，对着欢乐的火苗口齿不清地说话，像刚孵出来、已经感到舒适的小鹅一样。但是很快，温暖的炉火产生了催眠的效果，她满头金发的小脑袋疲倦地倒在那条旧麻袋上，细嫩的、半透明的眼皮合上了，盖住了湛蓝的眼睛。

不过，当这个陌生的来访者来到他火炉边的时候，赛拉斯·马南又到哪儿去了呢？他就在小屋里，但他却没有看见孩子。丢钱以来的几周里，他养成了个习惯，那就是，一次次地开门，睁大眼睛向外凝视，侧耳细听，似乎以为他的钱也许不知怎的就回来了，或者什么消息、什么线索、什么迹象也许会神秘地出现在路上，让他听到或看到。主要在晚上，当他不忙于织布的时候，他就会这样。他不断重复这个动作，并没有明确的目的。这样的行为，除了那些不明不白遭受与至爱之物分离的痛苦的人，谁也无法理解。黄昏的微光中，以及更晚些天还不太黑时，赛拉斯朝采石坑四周有限的一带张望，毫无希望地，却又热切不安地倾听着、凝视着。

这天早上，有些邻人告诉他，今晚是元旦前夜，他得守夜，听新年的钟声辞去旧岁，迎来新年，因为这会带来好运，也许会令他的钱失而复得。这话只是拉维洛人跟这个精神不大正常的守财奴开了个友好的玩笑，却令赛拉斯激动不已。黄昏来临之前他就一遍又一遍打开门，但是看到四周笼罩在大雪之中，只能立刻把门关上。最后一次他打开门时，雪已经停了，云也四处散开。很长时间，他站在门口，倾听凝视。路上确实有动静朝他这边过来，可他却看不到任何迹象。四周寂静无声，大雪无垠，覆盖了道路。这一切似乎把他的孤寂封锁起来，用冰冷的绝望侵蚀着他的期盼。他又走进门，右手放在门闩上，准备关门——可是门却没有关上。他被僵直性昏厥那看不见的权杖施了魔法——自从丢钱以来经常如此——雕像一般站在那里，眼睛睁得大大的，却什么也看不见，手抓住开着的门，却无力抵抗任何进来的或好或坏的人或物。

当马南恢复了神志，他继续以那个姿势站了一会儿，然后关上门，根本不知道刚才失去意识，不知道这之间发生了什么，只知道天已经黑了，感到浑身冰冷虚弱。他想，自己向门外张望，站的时间太长了。他回到炉火边，两块木头已经烧得掉了下来，发出一丝红红的、闪烁不定的微光。他在壁炉边的椅子上坐了下来，弯下腰把木头拢到一堆。这时候，他模糊地看见，壁炉前的地板上似乎放着金币。金币！——他自己的金币——被偷走了又被神秘地送回到他的面前！他感到自己的心脏开始猛烈地跳动起来，好一阵子他无法伸出手，去抓住他失而复得的宝藏。在他焦虑的目光中，那堆金币似乎炽热发亮，变得更大了。终于，他俯身向前，伸出手。可是他摸到的不是那熟悉的、有着拒人于千里之外的轮廓的、硬硬的金币，而是柔软的、暖暖的卷发。赛拉斯无比震惊，双膝猛地跪倒，低下头仔细检视这个令他感到不可思议的东西：那是一个熟睡的孩子，圆乎乎，非常漂亮，满头柔软金黄的卷发。难道是他那小妹妹出现在他的梦中吗——当他还是个没鞋没袜子穿的孩子时，他那死前他一直抱着到处跑的小妹妹？这是赛拉斯一片茫然、惊奇万分时首先想到的。是梦吗？他重新站了起来，把木柴往一起拢了拢，向火上扔了些干叶子和小木棍，火苗腾了起来。但是火焰没有驱散他所看见的，只是更清楚地照亮了那个小小的、圆圆的孩子的形状，以及她破旧的衣服。她非常像他的小妹妹。赛拉斯无力地倒在椅子上，心里既有说不上来的惊奇，又有记忆如潮涌，奔流不息。这个孩子如何进来、何时进来的，他怎么一点都不知道？他从未离开过家门口。他一边想着这个问题，脑海里却又浮现出他的老家，还有那些通往灯笼大院的古老街道，以及与这些久远的场景相关的回忆，几乎把心里的疑问都忘了。此时，这些回忆像无法恢复的昔日友谊，令他感到非常陌生。然而，他却梦幻般地感到，这个孩子是从那遥远的时代，设法来到他身边的一个讯息：她触动了他在拉维洛从未被激起的神经，那是昔日颤抖的柔情，那是过去预感到上帝的力量左右着他的生活时产生的敬畏。他的想象力还没有从孩子突然出现的神秘感中解脱出来，所以一时还无法去猜测发生这个事件的自然原因。

这时壁炉边发出一声哭喊：孩子醒了。马南弯下腰，将她抱起来放在腿上。她紧紧抱着他的脖子，哭声越来越大，夹杂着小孩子一觉醒来之后迷迷糊糊、口齿不清地叫"妈咪"的声音。赛拉斯抱紧她，无意识而又温柔地哄着她，一边想起他有一些凉粥放在快熄火的壁炉边，只要热一热就可以喂孩子。

接下来的一个小时，他要做的事情很多。粥里放了些他节省下来的干红糖，甜甜的，使小家伙停止了哭喊。当赛拉斯把勺子放到她的嘴里时，她抬起蓝蓝的眼睛，睁得大大的，安静地盯着他。很快，她从他膝头溜了下来，摇摇晃晃到处走。可是她一个大趔趄，惊得赛拉斯跳了起来，跟着她，以免她跌倒，被什么东西伤到。但是她只是跌坐在地上，开始扯她的靴子，又抬眼看着他，脸上一副要哭的样子，好像靴子弄疼了她。他重新把她抱上膝头，过了好一会儿，他这个迟钝的单身汉才想到，湿漉漉的靴子贴在她暖暖的脚踝上，令她难受。他费力地脱掉靴子，孩子立刻变得很高兴，专注于研究自己脚趾头的秘密，以至赛拉斯也受到感染，嘿嘿笑着，也思考起这个神秘的东西来。不过，孩子湿漉漉的靴子终于令赛拉斯想到，这孩子在雪地上走过，可能是自己进来，或是被谁带到自己家这个被他完全遗忘了的自然原因。在这个新想法的驱使下，他来不及多想，抱起孩子，朝门边走去。他刚一打开门，孩子又开始哭喊起了"妈咪"，从她饿醒直到现在，赛拉斯还没有听到她这么喊。弯下腰，他能模糊地辨认出她的小脚在新雪上留下的印迹。他顺着脚印，来到了那片金雀花丛。"妈咪！"小家伙一遍又一遍地哭喊，扯着身子向前，好像要逃离赛拉斯的怀抱。赛拉斯这时意识到，灌木丛里还有别的。那是一具人的尸体，头枕在低低的金雀花枝干上，身上半盖着树上摇落的雪。

第十三章

这时候,红宅里最早一顿晚饭时间刚过,大家已不再羞怯,变得随便快活。绅士们克服了腼腆,终于被劝说着一展非凡才艺,跳一曲号管舞。乡绅大声地跟人交谈着,四处请人嗅鼻烟,拍着客人们的背,在惠斯特牌桌边坐的时间越来越长。吉博姑父觉得他的行为令人恼怒。在头脑清醒的工作时间,他这人总是很快活,可现在打着牌,喝着白兰地,却变得脾气暴躁,尖酸刻薄。对手发牌前他总要先洗洗牌,一双眼睛怀疑地瞪着对方,带着一副难以言表的厌恶神情,小气地打出一张王牌,好像既然这个世界上会出现此类事情,人也可以踏上轻率挥霍之路似的——王牌既已轻率打出,他也就此破罐子破摔了。当晚会进行到如此纵情、如此高兴的程度时,通常仆人们伺候晚饭的繁重职责也已尽完。他们随即跑来观看舞会,找点乐子,所以红宅的后边没有了人影,一片寂静。

从大厅有两个门可以进入白厅,为了通风,两个门都开着。低一些的门口挤满了仆人和村民,只有高一些的门口没人占着。鲍勃·卡斯正在跳号管舞,很引人注目。他父亲对儿子柔软的身体感到非常自豪,一个劲儿地声称,他和自己年轻时一模一样,言下之意那是青少年应该具有的最高水平。乡绅坐在表演者对面的一群人中央,离高门不远。高弗雷则站在稍远处,并没有在欣赏弟弟的舞蹈,而是一直看着挨着自己的父亲、坐在这群人中间的南希。他之所以站得远些,是因为他希望避免被当作父亲开玩笑的对象,把自己与婚姻、兰默特小姐的美貌联系起来,而这个意图很可能会变得越来越明确。不过,风管舞①结束后他还有机会和她跳舞,而且现在可以长时间地看着她而不会被别人发现,这令他非常高兴。

但是,当高弗雷抬起眼睛,视线离开他长久注视的南希时,他看到了一个物体,像看到死人的幽灵一般大吃一惊。那是他隐秘生活的幽灵,像一条阴暗的偏街,隐藏在装饰漂亮、阳光灿烂、被人羡慕仰视的门面后边。那是他的孩子,被抱在赛拉斯·马南的怀里。他立刻就认出她来,毫无疑问,虽然他已经好几个月没有见过这孩子了。他希望自己可能认错了,而正在这时候,克拉肯索先生和兰默特先生已经走到赛拉斯面前,对其奇怪的到来感到非常吃惊。高弗雷也立即来到他们中间,内心惴惴不安,他们说的每一个词都不敢落下。他尽力控制自己,但是心里很清楚,要是谁注意到他,一定会发现他嘴唇发白,浑身颤抖。

不过现在屋子里所有人的眼睛都集中在赛拉斯·马南身上。乡绅站了起来,生气地问道:"这是怎么啦?这是什么?你这个样子来想干什么?"

"我来找医生,我要找医生。"赛拉斯立刻对克拉肯索先生说道。

"啊,怎么啦,马南?"牧师问道,"医生在这里,慢慢说,你找他干什么。"

"有个女人,"赛拉斯说道,声音很低,气喘吁吁。刚好这时高弗雷走上前来。"她死了,我想——死在采石坑的雪地里——离我家不远。"

高弗雷的心扑通扑通跳得很快。那一时刻他脑子里只有一个恐惧,那

---

① 风管舞:一种活泼的舞蹈,通常由一人,尤其是一个水手来跳。

就是那个女人也许没有死。那是邪恶的恐惧——一个在高弗雷善良的性情中占据了窝巢的丑恶的罪犯，不过对一个让自己的幸福悬在口是心非上的男人来说，他的性情难免会产生邪恶的期盼。

"嘘，嘘！"克拉肯索先生说，"出去，到大厅里吧。我去给你叫医生。雪地里发现一个女人，还认为她死了，"他低声对乡绅加了一句，"最好尽可能地少说，女士们会被吓坏的。就告诉她们有个可怜的女人又冻又饿，病了。我去叫吉博。"

但是这时，女士们已经赶上前来，很好奇是什么在这个奇怪的情况下把这个孤僻的亚麻织布匠带到这里。她们也对这个漂亮的小孩很感兴趣，而这小家伙呢，大厅亮亮堂堂，人又这么多，令她又惊恐，又着迷。她一会儿皱起眉，藏起脸，一会儿又抬起头，静静地四处张望。谁摸摸她，或逗逗她，她又重新皱起眉，把脸埋进赛拉斯的怀里。

"这是谁家的孩子？"几位女士，其中包括南希，七嘴八舌地问高弗雷。

"我不知道——雪地里发现了个可怜的女人，是她的，我想。"高弗雷费了莫大力气挤出了一个回答。（"但是，我能确定吗？"他匆忙扪心自问，期望自己能够良心发现。）

"哎，那么你最好把孩子留在这儿，马南师傅，"好心的吉博太太说，但是想到孩子那脏兮兮的破衣烂衫挨上自己戴着饰品的缎子衣服，又犹豫起来，"我去叫哪一个女仆来把她抱上。"

"不——不——我不能跟她分开，我不能让她走，"赛拉斯唐突地说道，"她到我这儿来——我有权利带着她。"

把孩子从他身边带走的提议令赛拉斯深感意外。他说的那番话虽然是冲口而出的，却令他自己大吃一惊。一分钟前，对于这孩子他并没有什么明确的想法和打算。

"您听听这叫什么话？"吉博太太有点惊讶地对旁边的人说。

"现在，女士们，我得麻烦大家让开。"吉博先生从牌室走了出来，说道。对此打扰他有些厌烦，但是长期的职业习惯训练得他即使在酒喝得不太清醒的时候，也会顺从令人不快的请求。

"这个时候出去真是讨厌，呃，吉博？"乡绅说，"他本来可以去找你的那个年轻人——那个学徒，哎——他叫什么来着？"

"本来可以？哎——谈本来可以有什么用？"吉博姑父一边低声咆哮道，一边匆忙与马南一起出去，后边跟着克拉肯索先生和高弗雷。"给我拿一双厚靴子好吗，高弗雷？你留下，派个人跑到温斯洛普家叫多莉——她是最好的帮手。晚饭前本还在这儿，他走了吗？"

"走了，先生，我碰见了他，"马南答道，"可我当时没办法停下来跟他说什么，我只告诉他我要找医生，他说医生在乡绅家。我就赶快跑来了，屋子后边看不到什么人，我就进来，到大家这儿了。"

这时候孩子的注意力已不再被明亮的灯光和女人们的笑脸所吸引，开始哭喊着叫"妈咪"，一直紧紧抓着马南。很显然，他已经完全获得了她的信任。高弗雷拿着靴子回来了，听到孩子的哭声，感到心揪得很紧。

"我去，"他匆忙说道，急于找点事干，"我去叫那个女人——温斯洛普太太。"

"噢，啐——派别人去吧，"吉博姑父说，一边和马南一起急匆匆地走了。

"要是我能帮上什么忙就告诉我，吉博。"克拉肯索先生说道，但是医生已经走远了，听不见了。

高弗雷也失去了踪影。他跑去拿帽子和大衣，刚好趁机整理自己，提醒自己千万别让人看着像个疯子。可他冲出屋子，一脚扎进雪里，根本没有注意自己的鞋子很薄。

几分钟后，他陪伴着多莉迅速赶往采石坑。多莉虽然自己也是出于仁慈怜悯之心冒着严寒风雪跑这一趟，却非常担心这位年轻绅士出于同样的动机，一时冲动跑出来，脚被雪浸湿了。

"您还是回去吧，先生，"多莉既尊敬又同情地说道，"没必要把您弄感冒了。请您在回去的路上好心叫我丈夫过来——我估计他在彩虹——如果他还不太醉，能派上用场的话。要不然斯奈尔太太可能会打发她家小伙子来跑跑腿，因为医生可能会有什么吩咐。"

"不，我留下来，既然我已经出来了，我就待在外面，"高弗雷说，这时他们已经来到了马南小屋的门前，"如果有什么我可以做的，你可以出来告诉我。"

"好吧，先生，你这人很好，你是个软心肠。"多莉说着走进了门。

高弗雷这时满脑子全在想事情，非常痛苦，所以听到这他不配得到的赞扬，内心也没有感到多少自责。他来来回回地走着，意识不到雪已埋到脚踝，意识不到任何东西，只是浑身颤抖，一颗心悬着，不知道小屋里情况如何，不知道她的死活会对他未来的命运产生什么影响。不，他也并不是完全意识不到任何其他东西。强烈的爱情欲望以及恐惧隐隐将一种意识压制至他的内心更深处，这意识就是，他不应该等待她是死是活，而应该接受自己行为的后果，承认他悲惨的妻子，让这无依无靠的孩子得到她该得到的权利。但是，他没有足够的道德勇气去想主动放弃南希这一可能。他的良心仅足以使他在避免放弃南希之后，永远感到不安而已。此刻，他的心跳着，跳出了所有的束缚，向往着摆脱那长久的捆绑之后突然出现的美好前景。

"她死了吗？"他心里一个压倒一切的声音说道，"如果她死了，我就可以娶南希了。这样我以后就可以做个好人，没有什么见不得人的秘密了。至于孩子——无论如何她会得到照顾的。"但是，越过这个美好的景象，他又看到另外一个可能——"她可能还活着，那样的话我可就全完了。"

不知道过了多长时间，小屋的门才开了，吉博先生走了出来。高弗雷上前走到姑父身边。他已经做好准备，无论听到的消息如何，都要克制自己的焦虑。

"我在等你,这么大老远来。"他先开了口。

"啐,你出来真是胡闹。为什么不派个仆人过来?没什么可做的了。她已经死了——死了几个小时了,我可以说。"

"是个什么样的女人?"高弗雷问,感到血冲上脸颊。

"一个年轻女人,很瘦弱,留着长长的黑发。是个流浪女吧,穿着破衣烂衫。但是她戴着结婚戒指。他们明天得把她弄到济贫院①。走,走吧。"

"我想看看她,"高弗雷说道,"我觉得昨天好像见到过这样一个女人。一两分钟后我会赶上你。"

吉博先生走了,高弗雷则转过身,进了小屋。他只瞅了一眼枕头上那张被多莉精心抚平的、死去的脸,但他一直非常清楚地记得看他那不幸的、令他憎恨的妻子的最后一眼。十六年后,当他完整讲述今夜发生的故事时,那张憔悴的脸上的每一根线条仍旧浮现在他眼前。

他迅速转过身,面向壁炉。赛拉斯·马南正坐在炉边哄孩子入睡。孩子现在非常安静,但是没有睡着。吃了甜粥,屋里又暖暖的,令她平静下来,睁大眼睛凝视着。我们大人内心纷乱复杂,看到一个小孩,会像看到地上或天上某种辉煌美丽的东西,如沉稳火红的星球、开满花朵的野蔷薇,或是宁静小路上弯曲的树时一样,感到有些肃然起敬。那双睁得大大的蓝眼睛抬起来,看着高弗雷,并没有露出不安或认出他的迹象。孩子既记不起父亲,也叫不了父亲。她那双蓝眼睛慢慢从他身上移开,定定地落在织布匠那张低垂下来看着她的古怪的脸上,小手开始去拉马南干枯却又因爱变了形的脸颊。高弗雷有些嫉妒,也有些渴望。看到她

---

① 济贫院(Workhouse):17世纪在英国逐步发展起来的、教授穷人某项手工技能、使他们能够自力更生从而减少济贫开支的机构。济贫院遵循"劣等处置"和"济贫院检验"两个原则,院内生活比较悲惨,被大众称作穷人的"巴上底狱",19世纪70年代后其条件才逐步得到改善。

那颗小小的心对自己没有任何反应,这位父亲有一种奇怪复杂的感觉,心里懊悔与欢喜互相碰撞。

"你明天把孩子带到教区吗?"高弗雷尽可能装作漫不经心地问道。

"谁说的?"马南尖锐地说道,"他们要强迫我带她去吗?"

"哎,你不会喜欢养她吧,像你这样一个单身汉,对吧?"

"在谁能证明他有权利把她从我这儿带走之前,我会养她,"马南说,"她母亲死了,我想她没父亲。她孤苦伶仃,我也孤苦伶仃。我的钱丢了,我不知道丢哪儿了,她也不知道是从哪儿来的。我什么都不知道,我有点惊奇。"

"可怜的小东西!"高弗雷说,"我给你点钱,给她买些衣服吧。"

他早已把手伸进衣袋,摸到了半个畿尼。他把钱往赛拉斯手里一塞,然后急急忙忙走出小屋,去追赶吉博先生。

"啊,我看不是我看见的那个女人,"他赶了上来,说道,"孩子非常小,那个老头似乎想养她。像他那样的守财奴要这样做,可真奇怪。我给了他点零钱帮帮他。教区不大可能跟他争这孩子的抚养权吧。"

"不会,我自己本来有机会和他争来着。可现在太晚啦。要是孩子掉进炉火里,你姑姑太胖了,根本赶不上,她只会像只受了惊吓的猪一样坐在那儿哼哼。不过高弗雷,你这样穿着舞鞋和长筒袜出来,真是个傻瓜。你是舞会的美男之一,舞会还是在你家里举办的!你这样稀奇古怪是什么意思,年轻人?是不是南希小姐对你太冷酷了,所以你想毁掉舞鞋令她难堪?"

"哦,今晚什么事情都不尽如人意。我都快累死了,跳吉哥舞①,向女士献殷勤,还有那烦人的风管舞。我还得跟另一位冈恩小姐跳舞。"高弗雷说,他姑父提出的这个诡诈的借口让他感到心里很舒服。

---

① 吉哥舞:一种急速轻快的舞蹈。

一旦某个人的行为变成欺骗，那么他的支吾、搪塞以及一些小谎言也就如衣服上的装饰品一样，没什么意义。在这些谎言之下，虽然他虚荣地维护自己所谓的纯洁，却如同大艺术家面对只有自己的眼睛才能够看得出来的败笔时一样，心里感到惴惴不安。

高弗雷换了鞋又出现在白厅里，因为要给大家讲明事情的经过。他感到非常轻松，非常高兴，因为痛苦早已被喜悦打败了。现在，只要有机会，他怎能不会大胆对南希·兰默特说世上最温柔动听的话——怎能不会向她和自己许诺，他将永远成为她喜欢看到的人？不会有他死去的妻子被认出来的危险，因为那不是个问东问西、四处宣扬的年代。至于他们的婚姻登记呢，那离这儿很远，湮没在从不被翻动的文件里，除了他自己之外，没人会感兴趣。登塞如果回来，可能会出卖他，不过可以贿赂登塞，让登塞闭嘴。

要是事情的结果比他担心的要好得多，这难道不刚好证明，他的行为不是那么愚蠢，不该受到太多的谴责吗？当我们得到上天的垂爱，处境变好，我们自然而然开始认为，我们并不是一无是处，我们厚待自己理所应当，别糟蹋了自己的好前程。对南希·兰默特坦白自己的过去，扔掉自己的幸福，这究竟有何用呢？不，是扔掉她的幸福，因为他相信，她爱他。至于孩子嘛，他会留意让她得到照顾，他绝不会抛弃她，只要不让他认她，他什么事都愿意干。也许，没有父亲认她，她照样能过得幸福，因为，不是谁也说不上来事情最后的结果吗？——还需要别的原因吗？——好吧，好吧，还因为，不认他的孩子，这位父亲将会幸福得多。

第十四章

那个星期，拉维洛为这个贫妇举行了葬礼。远至巴瑟雷的肯奇大院，人们都知道了，最近刚来这里住下来的那个黑头发、带着个漂亮孩子的女人又离去了。那就是莫莉已经从人们的视线中消失的所有明确的表示了。但是，她无人流泪、令人惋惜的死虽然普普通通，像夏天的落叶一样微不足道，却决定着某些我们认识的人的命运，直至最后也在影响着他们的欢乐与悲伤。

赛拉斯·马南决心养这个"流浪女的孩子"这件事儿，一点不亚于他的钱被偷，令村里人感到很稀奇，被大家讲了又讲，说了又说。从他不幸丢钱时起，大家对他的看法温和了起来，但因他不跟人来往，神经不正常，所以大家对他又鄙视又可怜的看法里还夹杂着怀疑与不悦。现在，这种感情中又增添了更多正面的同情，尤其是在女人们心中。无论是那些懂得如何把孩子养得"健壮甜蜜"的有名的好母亲，还是那些叉着手、一边抓挠着胳膊肘，知道被那些刚能走稳路的孩子淘气捣蛋的怪癖所打扰如何如何的懒惰母亲，都同样对他很感兴趣。她们都不禁猜测，一个单身汉将如何对付一个两岁大的孩子。她们也都愿意随时给他提供建议：好母亲主要告诉他如何把孩子带好，而懒惰的呢，则一个劲儿告诉他，他永远也带不了孩子。

在那些好母亲中，马南最愿意接受多莉·温斯洛普这个邻居的帮助，因为她一点儿也不像其他人，一味吵吵嚷嚷，指手画脚。赛拉斯把高弗雷给他的半个畿尼拿给她看，问她怎么能给孩子买点衣服。

"呃，马南师傅，"多莉说，"没必要买，最多买一双鞋。我那儿有亚伦五年前穿的小衣服。花钱买小孩衣服不划算，因为她会长得快得像五月的青草，祝福她——会长得那么快的。"

于是就在这一天，多莉带来了她的包裹，给马南一一展示这些小衣服穿的顺序。大多数衣服都打着补丁，或织补过，但是像刚长出来的花草一样，非常干净整洁。接下来，他们又进行了用肥皂和水给孩子洗澡这一重大仪式。洗完之后，孩子更加漂亮，坐在多莉膝头，一会儿搬弄着大脚趾，咯咯笑着，一会儿又拍着小手，好像发现了自己身上的许多东西。她一个劲儿地发出"嘎咕——嘎咕——嘎咕""妈咪"的声音，跟人诉说着自己的发现。叫"妈咪"不是出于需要或有什么不适，小家伙只是已经习惯叫"妈咪"，其实并不期望听到妈咪亲切的声音，得到妈咪温柔的抚摸。

"谁都会说天上的天使也不会比她更漂亮。"多莉说道，一边摩挲着、亲吻着她金色的卷发。"想想她身上穿着脏兮兮的破衣烂衫——可怜的母亲，冻死了。但是有神们看顾，把她带到你的门前，马南师傅。你的门开着，她从雪地里走了进来，像一只挨饿的小知更鸟。你不是说门开着呢吗？"

"是，"赛拉斯沉思着说道，"是，门开着。钱不知道丢哪儿了，这孩子也不知道从哪儿来。"

他从未向任何人提及，孩子进来时自己没有一点儿意识，害怕别人提出疑问怀疑自己——怀疑自己为何当时神志不清。

"啊，"多莉严肃地安慰他说，"这就像晚上和早上，像睡着和醒来，像下雨和收获——一个走了，另一个来了，我们也不知道是怎样，去哪儿了。我们会费劲儿又抓又赶，可毕竟几乎什么也干不了——那些大事情来来去去，才不管我们多费神——是这样，就是这样。我觉得你要养这个小家伙做得对，马南师傅。你明白她是送给你的，虽然有些乡亲不这么想。她这么小，你可能会有点儿不知道怎么办。不过我会过来，过来帮你照料照料，很愿意。我大多时候都有空儿，因为啊，当人早上很早起来，到十点钟，准备吃的之前，时钟好像就不动弹。所以啊，像我说的，我会来帮你管管孩子，很愿意。"

"衷心地……谢谢你，"赛拉斯有点犹豫地说道，"你告诉我怎么做我很高兴。但是，"他不安地加了一句，身子向前倾了倾，有点嫉妒地看着孩子把头舒服地枕在多莉胳膊上，心满意足地从对面盯着自己，"但是我想自己管她，要不然她就会喜欢别人，不会喜欢我了。我早已习惯自个儿在这屋里生活了。我会学，我会学。"

"呃，那当然，"多莉轻声说道，"我见过有些男人也一样心灵手巧，能管好孩子。大多数男人笨手笨脚，脾气又固执，上帝帮帮他们。不过他们要是不沾酒的话，也不是不明事理，虽然给孩子用水蛭吸血呀、包扎呀，他们干得很糟——太急躁，没耐心。你看，先穿这个，贴着皮肤。"多莉又接着说道，拿出小衬衫，给孩子穿上。

"好的。"马南温顺地说道，一边头靠前，眼睛凑得很近，似乎这样就能正式进入那神秘的穿衣过程。于是，孩子两个胳膊抱住他的头，嘴唇贴着他的脸，发出叽里咕噜的声音。

"看看，"多莉用女人特有的体贴机智地说道，"她最喜欢你。她想坐在你腿上，我敢肯定。那么去吧。接着她，马南师傅。你可以给她穿，那样你就可以说，从她一开始来，你就开始照料她了。"

马南颤颤巍巍地把孩子抱过来，放在腿上，某种莫名的东西照亮了他的生活，他的心里涌起一种对他来说很神秘的情感。他的内心思想和感情纠结在一起，混乱一片，所以，要是让他试图用言语来表达的话，他只会说，这孩子代替他的金子来到他的身边——金子变成了孩子。他从多莉手中接过衣服，在她的指导下给孩子穿到身上。当然啦，孩子动来动去，迫使他不时地停下来。

"行啦！啊，瞧你穿得挺容易的，马南师傅，"多莉说，"不过，你坐上织布机的时候可怎么办呢？因为她会一天比一天好动，一天比一天顽皮。她会的，祝福她。很幸运，你用的壁炉很高，而且没有铁栅，那样她就不太能够得着火。但是如果你有什么东西容易洒出来、容易断裂，或者会伤她手的，你就要注意。她会去弄这些的——这些你都得知道。"

赛拉斯沉思了片刻，有点儿不知所措。"我会把她拴在织布机腿上，"最终他说道，"用一条长长的、结实的布条什么的把她拴住。"

"嗯，那样也许成。她是个小姑娘，要比小伙子听话，容易哄着让她坐在一个地方玩儿。我可知道小伙子是什么样，因为我有四个。我有四个，上帝知道，要是把他们逮住拴起来，他们就会又踢又闹，哭啊喊啊的，像是在给猪带鼻环①。我会给你拿一把小椅子，还有一些红碎布啥的给她玩。她呀，会坐下来，跟它们说话，好像那些东西是活的一样。嗯，要是希望男孩子们造得不一样不是罪过的话，祝福他们，我真希望他们中有一个能变成姑娘，然后想想我要是能教她怎样擦洗、缝补、编织啥的该多好。但是等这个小家伙长大了，马南师傅，我可以教她啊。"

"不过她是我的小家伙，"马南慌忙说道，"她不是别人的。"

"不是的，肯定不是。要是你像父亲那样把她养大，你对她就有权利。但是，"多莉说到事先决心触及的点上，"你必须把她像施过洗的基

---

① 以防猪用鼻子拱地。套上鼻环，猪若拱地，鼻子会疼。

督徒家的孩子那样养大，带她上教堂，让她学教义问答①，像我家小亚伦那样，会说'我相信'，还有所有东西，像'不许用言语和行为伤害任何人'，说得好的啊，像个教堂执事。那个你必须做，马南师傅，要是你想对这孤儿做正确的事情的话。"

在这新的焦虑的刺激下，马南苍白的脸猛然涨得通红。他脑子只顾忙着试图弄明白多莉的话，而想不起来怎样回答她。

"我想啊，"她继续说道，"这个小家伙还没有施洗取名，所以最正确的做法就是应该给牧师说说。你要是不反对，我今天就去和梅西先生谈。因为要是孩子哪儿出了问题，而你在这方面没有尽到责任——没种牛痘，避免所有危害的牛痘——马南师傅，在坟墓这边那将是你床上的刺。我无法想象，要是没有对无助的孩子尽到责任，谁还能够轻轻松松躺在床上准备去另一个世界，因为孩子并没要他们把他生下来。"

多莉这时候打算沉默上一会儿，因为她已经把自己简单的信仰讲得够深刻的了，现在她很想知道她的话能否在赛拉斯身上产生她想要的效果。赛拉斯却感到迷惑不解，忧心忡忡，因为他不清楚多莉说的"施洗取名"是什么意思。他只听过施洗，而且也只见过成人的洗礼。

"你说的'施洗取名'是什么意思？"终于，他小心翼翼地问道，"不做这个，乡亲们会对她不好吗？"

"哎呀，哎呀！马南师傅，"多莉既沮丧又同情地轻声说道，"难道你父母亲从来没有教过你说祷词，告诉你那些好话、好事可以使我们免于受伤害？"

"有过，"赛拉斯低声说道，"我知道很多，过去知道，过去知道。不过你的方法不一样。我的家乡离这儿很远。"他停顿了一会儿，然后更坚

---

① 教义问答：关于基督教教义概要与阐释的手册，始于新约时代，采用问答形式，并带有答案。

定地继续说道:"不管怎样,我想给这孩子做任何能做的事。这地方所有对她来说是正确的事情,你觉得会对她好的事情,我都会同意做,只要你愿意告诉我。"

"那么,马南师傅,"多莉内心非常欢喜,说道,"我去让梅西先生给牧师说。你还得给她起个名,因为给她施洗取名时她得有个名字。"

"我母亲的名字是艾珀齐芭①,"赛拉斯说,"我的小妹妹随她叫。"

"呃,那个名字挺拗口,"多莉说,"我有点觉得那不是个基督徒的名字。"

"是圣经里的名字。"赛拉斯说,旧日的情形又浮现在他的心头。

"那我就没有理由反对了。"多莉说,见赛拉斯脑子里这么多学问,她感到非常吃惊。"你看我没多少知识,我记词儿可慢了。我丈夫说我总是'把柄安在把上'——那是他说的——他这人说话总是太尖刻,上帝帮助他。不过你妹妹叫这么个拗口的名字不太好听,又没有多大道理在里头,不是吗,马南师傅?"

"我们叫她艾碧。"赛拉斯说。

"呃,要是缩短名字没什么错,那样叫倒是容易些。那么我现在就去,马南师傅,天黑以前我会去说施洗取名这件事。我祝你好运,如果你对这孤儿做正确的事情,我相信好运会降到你头上——牛痘就种上了。你要是有什么要洗的,就来找我,我洗我家东西的时候捎带着就洗了。啊,被祝福的天使!这些天请你允许我把我家亚伦带来,他可以给她玩他爸爸给他做的小车,还有他养的那条黑白小花狗。"

孩子被施了洗,取了名。因为不知道她以前是否被施洗过,所以牧师决定再来一次,这样风险就会更小。这个时候,赛拉斯尽量收拾得干

---

① 艾珀齐芭:犹大王希西家的妻子,玛拿西的母亲,中文和合本译为协西巴。(《圣经·旧约·列王纪下》二十一章第一节。)

净整洁，第一次出现在教堂里，与大家一道参加了这个邻居们认为很神圣的宗教仪式。根据他在教堂里听到的、看到的，他辨别不出拉维洛的宗教跟他过去的信仰有什么不同。在以前，他要是去辨别，那肯定带着强烈的情感，充满了同情，而不会像现在只是比较言语和观念的相同或异样。现在好多年过去，情感也已休眠了。对洗礼和上教堂，他并没有很清楚的认识，只知道多莉说那样对孩子好。就这样，一礼拜一礼拜，一月一月，孩子成了不断更新的纽带，把他以前越来越狭窄的生活和他一直躲避的其他人的生活联系起来。金钱和孩子不一样。金钱没有什么需要，必须关起门来一个人崇拜，要藏起来，不能见阳光。它听不见鸟儿的歌声，也不会说人话。而艾碧则是个可爱的小人儿，她的要求无穷无尽，欲望天天增加，总是爱到阳光下，总是寻求有生命的声音、有生命的活动，什么都要观察，不断有新的喜悦，所有看到她的人无不产生亲切怜爱之情。金钱把他的思想局限在不断重复的圆圈里，除了金钱还是金钱。但是艾碧却总是充满变化，充满希望，迫使他的思想也要跟得上，并带着他远离了他过去急切寻求、一成不变的生活局限，带着他进入新的事物，进入新的一年又一年。艾碧也逐渐懂得了她父亲如何关心她、爱她，把他与邻居家庭连接起来，让他接受他们的善意，令他向前看，期盼未来。金钱迫使他坐在那里织啊织，对所有事物越来越充耳不闻、视而不见，只剩下他那单调的织布机，重复织着缠绕他的网。可艾碧呢，却呼唤他离开织布机，让他觉得每一次短短的离开就像假日。艾碧用她新鲜活跃的生命唤醒他的感官。甚至那只冬天的老苍蝇在早春的阳光里缓慢爬行，也让他感到温暖、欢喜，因为她欢喜。

当阳光越来越强，照耀的时间越来越长，当毛茛花密密匝匝开满了草地的时候，人们就会看到，在阳光灿烂的中午，或是在万物影子拉长、投射到树篱之下的午后，赛拉斯不戴帽子，抱着或背着艾碧缓缓走出采石坑，悠闲地漫步在花开的地方，最后来到一处他们喜欢的路边斜坡上。

他呢，会坐下来，而艾碧则摇摇晃晃地走着，摘着花，对着在鲜艳的花瓣上快乐呢喃、长翅膀的小昆虫说话，一个劲儿地叫"爸爸爸爸"，把花送到他跟前，吸引他的注意力。然后，她又侧耳聆听突如其来的某只鸟的歌声。赛拉斯学会了哄她高兴，他打手势让她安静，然后俩人静静地等着鸟叫声再次响起；当他们再次听到鸟叫声时，她就挺直她小小的背，胜利地咯咯大笑。就这样坐在斜坡上，赛拉斯重新开始寻找他曾经熟悉的药草。当那药草躺在他的手掌心，轮廓、特征无一改变，他的回忆纷至沓来。他赶紧惊慌地逃开，躲到艾碧小小的世界里，这个世界建筑在他虚弱的灵魂之上，却轻松快活。

随着孩子的心灵慢慢成长，开始记事，他的心灵也慢慢找回了记忆。随着她的生活慢慢展开，他那长期关闭在冰冷狭窄监狱里的麻痹的灵魂，也慢慢舒展，逐渐颤巍巍地，慢慢完全恢复了知觉。

伴随着每一个新年，这种影响力不断积聚，唤醒赛拉斯心灵的声调现在会说话了，要求听到更明确的回答。艾碧的眼睛更尖了，耳朵更灵敏了，"爸爸爸爸"叫得更欢，专横地要他注意这，要他解释那。还有，到艾碧三岁时，她长了不少淘气的本事，想着法儿制造麻烦。这不但考验着赛拉斯的耐性，也令他关注、思考。疼爱孩子还需要不时惩罚她，这太不协调，实在令可怜的赛拉斯感到非常困惑。多莉·温斯洛普告诉他，惩罚对艾碧有好处。养孩子要是不时不时地让她安全软和的地方疼一下，那可不行。

"还有另外一个法子你可以用，马南师傅，"多莉想了想，又说，"你可以把她在煤窖里关一次。我对亚伦就用过一次。因为他最小，我傻得呀，从来不舍得打他。我发现自己心软得让他在煤窖里一分钟都待不了，不过这把他全身弄得都是煤灰，得给他重新洗洗，换衣服。这对他就像棍子一样有好处——就是那样。所以我把这放到你的良心上，马南师傅，你必须选一样——要么打她，要么关煤窖。要不然她就会变得无法无天，没办法管住她了。"

多莉最后这句话里头令人忧郁的真理给赛拉斯留下了深刻的印象,但是这两个惩罚办法都令他泄气,不仅是因为打艾碧他自己心疼,而且因为哪怕对她发一会儿脾气都令他发抖,害怕她会不那么爱他了。他如同和一个柔弱细嫩的小东西绑在一起的温柔亲切的巨人哥利亚[①],害怕轻轻一拉绳子伤着了她,更害怕"啪"猛地一扯,把绳子扯断了。这种情形下,请问,多莉教的这两个办法哪个会管用呢?所以经常在晴朗的早晨,当时机有利于她捣蛋,艾碧肯定会迈着她摇摇晃晃的小碎步,引着父亲赛拉斯团团转。

比如,忙的时候,他很明智地选了一条宽宽的亚麻绳,把她拴在织布机上。宽宽的绳子绕着她的腰系着,而且长得足以使她够着那张装有脚轮的矮床并坐在上面,却不足以令她做危险的攀爬。一个明亮的夏日早晨,赛拉斯比平日更专注于"开机"织一块新布,要用剪刀。由于多莉专门警告,所以剪刀一直被小心地放在艾碧够不着的地方。可是剪刀咔嚓咔嚓,特别吸引艾碧的耳朵。她看着那咔嚓咔嚓产生的结果,从这一堂哲学课中推导出,同样的原因导致同样的结果。赛拉斯坐在织布机上,织布的噪音发了出来。但是他把剪刀放在了旁边的一个壁架上,艾碧的胳膊完全够得着。所以,像个小老鼠一般,她瞅准时机,从她待的角落悄悄地偷走了剪刀,并把它藏了起来,然后又摇摇晃晃地走回到小床,挺直了腰杆,像模像样地掩盖了事实。毫无疑问,她打算要用剪刀。她剪断了亚麻绳,虽然剪得参差不齐,却真的剪断了,不一会儿就从开着的门里跑了出去。外面的阳光在欢迎她,而可怜的赛拉斯却没听见动静,还以为她比平时都乖。直等到他要用剪刀,才猛然发现这个可怕的

[①] 哥利亚(Goliath):《圣经·撒母耳记上》记载的非利士巨人,被大卫王用机铉甩石杀死(十七章)。

事实：艾碧自己跑出去了，也许掉进了采石坑。赛拉斯被这可能会降到他头上的极大恐惧吓得浑身发抖。他冲了出去，喊着"艾碧"，在没有围栏的地方到处跑着，心急如焚地搜寻着每一个她可能会掉进去的干燥地洞，然后满心疑惧，呆呆地凝视着采石坑里那团平静的、红红的水。他的额头爬满了冰冷的汗滴。她出来多长时间了？还有一个希望——她从梯级下面爬了过去，跑到了他经常带她漫步的田野里。但是草地上的草长得很高，从远处看不到她，除非仔细搜索，可那样会踩坏奥斯古德先生家的草场。不管怎样，这个罪过还得犯。可怜的赛拉斯在树篱周围瞅了个遍后，穿过草地，心神不宁地在每一丛红色的酢浆草后面找寻艾碧，但只发现她比他到的地方更远。他徒劳地找过草地，又过了梯级，来到相邻的另一块地，绝望地朝一个小水塘望去：到了夏天，塘水已经变浅，池塘边一圈黏黏的泥。但是就在那里，艾碧正坐着，兴高采烈地对她的小靴子发表演说呢。她把靴子当作小桶，把水舀到一个深深的马蹄印里，而她光着的小脚舒服地插在橄榄绿色、垫子似的泥里。一头红色的牛犊正从树篱另一边惊恐又疑惑地观察着她。

很明显这是一例施洗孩子的越轨行为，必须要严加惩处。但是赛拉斯呢，重新找回他的宝贝令他突然间欣喜若狂。他只是迅速抱起她，一个劲儿地带着哭声亲吻她。直到他抱她回家，觉得要给她洗洗的时候，他才想到有必要惩罚艾碧，"让她长长记性"。一想到她有可能再跑出去，受到伤害，他不同寻常地痛下决心，首次决定试试煤窖——那是壁炉附近的一个小橱。

"淘气的，淘气的艾碧，"他把她抱在腿上，指着她泥乎乎的脚和衣服，突然开始说道，"淘气地用剪刀剪断绳子，跑了。因为太淘气，艾碧得被关进煤窖。爸爸必须把她放到煤窖去。"

他有点期望这话足以吓着艾碧，让她哭起来。但是，她反倒在他腿上摇了起来，好像这个提议又是个令她高兴的新点子。他觉得必须继续进行，采取强烈手段。他把她放进煤窖，关上窖门。想到自己出手太狠，他心里禁不住颤抖。一时间，里面悄无声息，但接下来传来"扑哧扑哧"小声的哭泣声。赛拉斯赶紧把她又放了出来，说："现在艾碧再也不会淘气了，要不然她得进煤窖——黑乎乎、可怕的地方。"

这天早晨，他的织布活儿放了好长时间，因为得给艾碧洗澡，换干净衣服。但是赛拉斯希望这次惩罚会起到长期的效果，为将来节省时间，虽然，也许艾碧哭的时间再长些会更好。

半小时之后，她又干净整齐了。赛拉斯转过身，看看怎么弄这些亚麻线，却又一次把线撂下，因为他想到，早上剩下的时间不把艾碧拴起来对她有益处。他重新转过身，准备把她放到织布机旁边的椅子上。这时候，艾碧小手小脸黑乎乎地朝他张望，说："艾碧在雷窖！"

煤窖的教育完全失败，动摇了赛拉斯对惩罚的有效性的信心。"如果我不打她，她把惩罚全当好玩，"他对多莉诉说道，"要是打她呢，我又做不到，温斯洛普太太。要是她给我带来点儿麻烦，我也能忍受。长一长，她慢慢就不捣蛋了。"

"唉，你说得也对吧，马南师傅，"多莉同情地说道，"你要是狠不下心吓唬她别乱摸东西，那你必须尽力把东西搁得让她摸不到。我就是这么管我那几个男孩子养的小狗的。要是谁的礼拜日帽子挂在哪儿，它们能叼到，它们就撕来咬去，撕来咬去。它们什么也不懂，不知道有啥不一样，上帝帮助它们。它们正在长牙，所以弄得它们撕啊咬啊的，就是那样。"

因此，艾碧成长着，从不受到惩罚。她做错事的后果全由父亲马南代她承担。小石屋是她温柔的巢，巢里铺着鸭绒般的耐心，而在小屋以外的世界里也从来没有人对她皱眉头，从来没有人对她说不。

尽管赛拉斯扛着线或布再抱着艾碧很是艰难，大多数时候他还是带着她走家串户，不愿把她放在多莉·温斯洛普家，虽然多莉总是乐意照管她。织布匠的孩子，一头卷发的小艾碧，成了一些住得偏远的家户以及村里人感兴趣的对象。之前，大家把赛拉斯当成古怪而又莫名其妙的东西，像有些用处的小矮人，或是苏格兰传说中的地精或棕仙①，必定带着好奇与厌恶，尽量简短地跟他打招呼、讨价还价，可还得讨好他，不时地送点儿猪肉或菜园里的东西给他带回家，因为没有他，线就织不成布了。但是现在，赛拉斯遇到的，是明朗的笑脸和欢快的询问，像一个他的乐事与难处大家都了解的正常人一样。到哪儿他都得坐一会儿，谈谈孩子，感兴趣的话总是在等着他："啊，马南师傅，她要是麻疹出得快、好得快，那你就幸运啦！"或是，"哎，没有太多单身男人愿意带那样一个小家伙。不过我觉着，织布把你的手练得比那些在地里干活的男人更灵巧，你差不多跟女人一样巧——线纺完了，接下来不就该织布了嘛。"年长的老爷太太们，机警地坐在厨房宽大的扶手椅上，摇着头说着养孩子的苦处。他们摸摸艾碧圆圆的胳膊和腿，宣布说很结实，还告诉赛拉斯，她要是出息得好（但是出息得好不好现在还不知道），那么当他年老无助的时候，就有个好姑娘踏踏实实地伺候他，多好的事啊。女仆们喜欢抱着她去看母鸡和小鸡，或是去果园看看有没有樱桃能从树上摇下来。小男孩和小女孩小心翼翼慢慢靠近她，一边一个劲儿地瞅着她，像小狗和自己的同类面对面。最后吸引达到了一定程度，他们就伸出柔软的嘴唇，给她一个吻。要是艾碧在身边，孩子们都不怕靠近赛拉斯。他们，男女老幼，再也不厌恶他了，这个小孩子又一次把他和这个世界联系到了一起。爱把他和孩子合二为一，爱又存在于孩子和这个世界之间——从男人女人父母般的眼神和语气，到红色的瓢虫和圆圆的小卵石。

赛拉斯现在完全从艾碧的角度考虑拉维洛的生活，拉维洛村好的东

---

① 地精（Gnome）：传说居于地下守护财宝的老年侏儒。棕仙（Brownie）：苏格兰传说中夜间来帮农家干活的仙童。

西她都能得到。十五年来,他像对待陌生的事物一样,对这里的生活漠然处之,与之没有任何思想情感的交流。而现在,他温驯地听别人讲怎么做,以期能更好地了解这里的生活。他好似得到一株名贵的植物,把它养在富有营养的新土里,关心着阳光、雨露等所有与他的宝贝有关的东西,孜孜不倦地求问知识,帮他满足那好于探索的根的需要,帮他看护那叶子和花蕾,以免受到外来侵害。从他长期存储的金钱被偷的那一刻起,他攒钱的习性就被粉碎了。之后,他赚的钱犹如弄回来修建被地震埋葬的家的石头一样,仿佛和他无关。丧失金钱的痛苦对他来说太过强烈,以至再次摸着新赚的金币,也难以激起满足的快感。现在,新的事情出现,代替了积攒金钱,让钱的用途也越来越多,不断牵拉着他的希望和喜悦,带他脱离了金钱的摆布。

古时候,会有天使来,拉着人的手,带领他们逃离毁灭城[1]。今天,我们可看不到长着白翅膀的天使了。但是人已经被拉着逃离了气势汹汹的毁灭,一只手放在了他们的手上,温柔地带领他们朝着一片宁静而又明亮的地方前行,使他们不再往后看,而这只手也许是一只孩子的手。

---

[1] 毁灭城:圣经旧约中提到的城市所多玛(Sodom)和蛾摩拉(Gomorrah),因其民行上帝憎恶之事,上帝决定将整个城市毁灭。天使带领所多玛唯一的义人罗得及其家人出了城,逃离被毁灭的命运。罗得妻子违背命令,向后看去,变成了一根盐柱(《圣经·旧约·创世纪》18:16-33 至 19:1-29)。英国17世纪清教徒作家约翰·班扬所著的《天路历程》中用"毁灭城"比喻世俗世界。

你会相信,有一个人带着更为热切却又更隐秘的兴趣,关注着织布匠照管下艾碧那生机勃勃的成长。他不敢做任何暗示他对穷人家的养女有强烈兴趣的事,只能在大家对一位年轻乡绅所期望的友善范围之内做点什么,比如偶尔碰见他们,使他想起送一件小礼物给这个头脑简单而大家却善意对待的老头。但是他对自己说,总有一天他能不招致别人怀疑,为增进自己女儿的幸福做些什么。在这些时候,他会因自己不能给女儿应有的权利而感到不安吗?我可以说他并没有。孩子有人照管,像那些生长在卑微简陋环境中的人一样,很有可能也很幸福,也许比养在富裕奢华家中的人更幸福。

那只当主人忘记责任,追逐欲望的时候,扎刺着主人良心的著名戒指①——我想知道,当他出发追求新欢的时候,戒指是否扎刺得更深一

---

① 著名戒指:引用法国童话作家博蒙夫人(Mme. Leprince de Beaumont)的《宝贝王子》(Prince Darling)中的典故。受宝贝王子父亲之托,一位仙女帮助王子变成一个好王子。她送给王子一枚金戒指,每当王子表现不好时,戒指就会根据他犯错的程度刺痛他。

些,或者它是否那时候一直扎刺得很轻,只有当希望的翅膀不再伸展扇动,当他的追求结束多时,回头望去,懊悔无比时,戒指是否才深深刺伤了他?

现在,高弗雷·卡斯的脸颊比任何时候都灿烂,眼睛比任何时候都明亮。他目标专一,像个立场坚定的男人。登塞再也没有回来,大家都相信他跑去当兵了,而且"跑出了国",也没有人在意去对一个体面家庭里这个微妙的话题刨根问底。高弗雷再也看不到他前进的道路上登塞的阴影了。现在,这条道路笔直地通向实现他最美好的、长期以来梦寐以求的愿望。人人都说,高弗雷先生走上了正道。事情的结局是什么,现在非常清楚,因为大家看见他几乎天天骑马上华伦田庄。当人家戏谑地问他日子定下来没有时,高弗雷如果愿意呢,总是像恋爱中的小伙子那样笑一笑,令人愉快地回答说"是的"。他感到自己面目一新,摆脱了诱惑。他憧憬着未来的生活,似乎看到了他的向往之乡不费吹灰之力就能得到。他看到了自己所有的幸福围绕着他家的壁炉,看到了他逗弄着孩子,南希在一旁微笑着、瞧着。

而那一个孩子——不在他家壁炉前的那个——他也不会忘记。他会看着让她吃穿不愁。那是一个父亲的责任。

第二部

第十六章

这是赛拉斯在自家壁炉前捡到他的新宝贝的十六年后,一个晴朗秋天的礼拜日。拉维洛村教堂古老的钟声欢快地鸣响着,宣告早晨的礼拜到此结束。从尖塔拱形的门廊缓缓走出富有的教区居民来。今天天气晴和,他们认为适合去教堂。他们之间友好地打着招呼,互相问候,延迟了队伍的前进。那个时候乡村的规矩,是让教众中重要的成员先离开,而他们地位低下的邻居们则在一旁等候,摸着自己低着的头,看着他们离开,一边对转过头注意到他的任何一个大纳税人行礼致敬。

走在这一群衣着光鲜的人最前面的,有一些我们还可以认出来,尽管岁月在他们所有人的身上都留下了痕迹。那位身材高大,四十多岁的金发男子和二十六岁的高弗雷·卡斯相比,面貌没有多大改变,他只是有点发福,只是没有了年轻人那种难以描述的表情——虽然眼神还没有迟钝,皱纹还没有出现,但是很明显已经失去青春活力。也许那位不比他年轻多少、倚着他的胳膊的漂亮妇人,倒比丈夫改变更多,以往总在她脸颊流连的可爱花朵,现在只有伴随着早晨清新的空气或强烈的惊奇,偶尔才会出现。然而,对那些认为人类的脸显示人类的经历,而喜欢研究之的人来说，南希的美貌越发令人感兴趣。通常，随着灵魂成熟，美德会变得更加圆润，而年龄却使相貌变老，如同灵魂蒙上一层丑陋的膜，以至仅仅数瞥难以洞悉灵魂果实的可贵。但是岁月对南希并不残忍。她那坚定平和的嘴唇，棕色眼睛流露出的清亮、诚实的眼神，证明了她的本性经过考验，还一直保持着最美好的品质。她的衣服洁净优雅，没有了年轻时的卖弄风情，却更加韵味深长。

高弗雷·卡斯先生和夫人（自从老乡绅归于先父，财产被分割继承以来，比"先生"更高的头衔已经从拉维洛人的嘴里消失了）扭头四处寻找走在后边一些的那位高个老人和那位装扮朴素的女人，因为南希说了必须等等"父亲和普丽西拉"。现在，他们一行四人穿过教堂庭院，拐进一条通向红宅对面一个小门的窄路。现在我们不去跟随他们。在这一群散去的教众中，难道就没有我们还想再次见到的其他人——那些不可能穿着漂亮，也不可能像红宅的男女主人那样轻易被认出来的人？

不过，我们不可能认错赛拉斯·马南。他棕色的大眼睛像很早就近视的人那样，似乎现在可以看得更远些。他的眼神少了一点茫然，多了一份灵活。但是十六年光阴流转，我们看到除此之外，他的外表老弱了。他腰弯背驼，满头白发，看上去似乎年事已高，尽管他还不到五十五岁。但是他的身旁却开放着最清新的青春花朵——一个金发碧眼、长着酒窝的十八岁少女，满头金色卷发被她徒劳而又恼恨地藏在棕色的帽子下，尽量压得平整一些。她的头发倔强得像一条小溪，在三月的微风中泛起涟漪。小卷儿们从压制它们的梳子下冒出来，在软帽下炫耀着自己。艾碧总是不免为她的头发而烦恼，因为拉维洛没有其他姑娘有像她这样的头发，而且她认为，头发应该直溜顺滑才对。哪怕在一些小事上，她也要无可指摘，你瞧她的祈祷书包裹在那圆点图案的手绢里，多么整洁。

在头发这个问题上，那个穿着一身新厚棉布套装、走在她身后的英俊小伙子从理论上也说不出个所以然。当艾碧问他时，他说也许直发总的来说最好，但他不愿艾碧的头发有任何的改变。她肯定是看穿了有人走在她身后，特别地想着她，而且他们一出教堂走上小路，他就鼓起勇气走到她身边。要不然，她怎么看上去羞答答的，而且故意不扭头，一直只看着父亲赛拉斯，一个劲儿地小声跟他说，谁来教堂了，谁没来，牧师府墙那边那颗红色的山地梣树怎么那么漂亮。

"我真希望我们能有个小花园，父亲，种上大雏菊，像温斯洛普太太家的那样，"他们走上小路时艾碧说道，"只是他们说，弄花园要干许多挖地的活儿，还要运新土，可你干不了那活儿，是吧，父亲？不管怎样，我也不愿让你去做，因为那活儿对你来说太重了。"

"我能做，孩子，要是你想要个花园的话。这些天傍晚时间长，我可以弄回来些土，给你种上一两株花。然后早上我可以先拿锹挖挖地，再坐下来织布。你以前怎么不告诉我你想要个花园？"

"我可以替你挖，马南师傅。"穿棉布西服的年轻人说。他现在已经走到艾碧身边，不用客套打招呼就进入他们的谈话。"干这个像玩儿一样。我可以干完一天活后做，或是我活儿松一些的时候，抽点时间。我给你从卡斯先生的花园里弄点土——他会让我拿的，愿意让我拿。"

"呃，亚伦，我的孩子，你在一边啊？"赛拉斯说，"我没注意到你。艾碧说话的时候，我只顾听她说了。哎呀，要是你能帮我挖地，我们就可以快点给她整出一片花园来。"

"那，你要是觉得好，"亚伦说，"我今天下午就去采石坑，咱们决定一下把哪块圈进来。我早晨早起一个小时，开始干。"

"可是你要答应我，不干挖地的重活儿，父亲，"艾碧说，"我本来不应该说这个的，"她半带羞涩，半带淘气地补充道，"只要温斯洛普太太说亚伦可以，那——"

"不用我妈说，你本来就该知道，"亚伦说，"我希望，马南师傅也知道我能，也愿意替他干点活儿。我希望他不会不给我机会，把活儿从我手里抢走。"

"那么，父亲，你要等到活儿不重的时候再动手，"艾碧说，"咱们两个可以划花圃的界限、挖坑、栽花的根。我们种点花，采石坑就会更有生气一些。我总觉得，花儿可以看见我们，知道我们说些什么。我要种迷迭香，还有香柠檬，还有麝香草，因为它们闻起来很香甜。可是只有在绅士们家的花园里才有薰衣草，我想。"

"你想要这些完全不成问题，"亚伦说，"我可以给你弄来任何花草的插枝。我做园艺的时候，没办法得砍掉好多，大多数都扔掉了。红宅里有一大圃薰衣草，夫人很喜欢。"

"呃，"赛拉斯严肃地说道，"你不要为了我们放肆无礼，到红宅里要什么值钱东西。卡斯先生对我们已经够好的啦，给我们的屋子新盖了后屋，还送了床啊什么的东西。我不能再去硬缠着要花园里的什么啦。"

"不是，不是，不是硬缠着要，"亚伦说，"整个教区没有哪家花园里没有无穷无尽的废材料，因为没有人能把那么多的东西用完。我有时自己想，要是土地被好好利用的话，那么就没人没吃的、饿肚子啦。人的嘴边就总有东西吃了。干园艺活儿常让人那么想。我得回家了，要不然我不在家，我妈又得费劲四处找我了。"

"今天下午带她一起来，亚伦，"艾碧说，"我想从一开始就让她知道花园的事儿。她不知道的话，我不愿意整地。你说呢，父亲？"

"是啊，如果行就带她来，亚伦，"赛拉斯说，"她肯定会说上点什么，帮我们做出正确的决定的。"

亚伦转身往村里走，而赛拉斯和艾碧则继续顺着那条偏僻的、被树荫遮盖的小路前行。

"哦，爸爸！"当就剩下他们俩时，她拽着赛拉斯的胳膊又是拍又是捏，还绕着他蹦蹦跳跳，猛地亲了他一下，开始说道："我的小老爸！我太高兴了。我们要是有个小花园，我就别无所求了。我就知道亚伦会帮我们挖地。"她淘气地带着胜利的口气继续说道:"我知道得非常清楚。"

"你这个鬼机灵的小猫咪,你呀,"因爱和岁月的赏赐,赛拉斯一脸温和的幸福,说道,"可是你会欠亚伦人情的。"

"噢,没事,不会的,"艾碧笑着蹦着说,"他喜欢。"

"来,来,让我替你拿着祈祷书,要不然你那样跳来蹦去的,会弄掉的。"

这时,艾碧意识到自己的行为正处于被注视之中,不过那只是一头友善的驴子的注视。驴子吃着草,蹄子上绑着一根木头,以防它逃跑——一头温顺的驴子,对人生活中的鸡毛蒜皮从不吹毛求疵。如果偶尔被人挠挠鼻子,分享一下人的生活,它就感激不尽了。像往常一样,艾碧没忘记关注关注它,让它高兴高兴,尽管这关注令它忍着疼跟着他们一直到家门口,很不方便。

可是,艾碧刚把钥匙插进门,屋里就传来尖尖的狗叫声,驴子赶紧改变想法,没人命令就一瘸一拐地走掉了。这尖尖的狗叫声来自一只狡黠的棕色狗,以表示对他们激动的欢迎。它一直在等候他们,这时候歇斯底里地在他们腿边钻来扭去,然后焦急地叫着,冲向织布机下边一只龟壳色的小猫,接着又尖叫一声冲了回来,似乎在说:"我已对这个虚弱的小东西尽到了职责,你看清楚。"而小猫那贵妇一般的母亲正在窗台上晒着她白色的肚皮,慵慵懒懒地扭头观望,期望能被抚摸,但不打算麻烦自己主动去寻求爱抚。

这种与动物为伴的欢乐生活不是石屋里面的唯一变化。起居室现在已经没有了床。这小小的空间里摆放着像样的家具,件件光亮干净,足以令多莉·温斯洛普看了满意。那张橡木桌子和三角橡木椅子很少可能在这么贫寒的小屋里见到,这些家具与床还有其他的东西都来自红宅。正如村里人人说的那样,高弗雷·卡斯先生对织布匠极其友善。有能力的人照顾帮助其他人再正确没有了,况且这个人抚养大了一个孤儿,给她既当爹又当妈——他还丢了钱，除了一周一周干活所赚到的之外一无所有，而且织布这行业也正走下坡路，亚麻线纺得越来越少，再说马南师傅也不年轻了。没有人嫉妒织布匠。在拉维洛村，他可是位独特的人物，让邻居们帮忙的号召力无人能比。关于他的所有迷信早已带上了全新的色彩。现年八十六岁高龄，身体衰弱，总坐在壁炉角或是坐在他家门槛上晒太阳的梅西老先生认为，谁要是像赛拉斯那样养大孤儿，那么这表明他丢了的钱还会有望重见天日，最起码那个盗贼会被迫付出代价——因为梅西先生说，自己的头脑还是那么灵敏，绝对不会判断错。

赛拉斯坐了下来，心满意足地看着艾碧铺上干净的桌布，摆上热腾腾的土豆馅饼。馅饼放在干的锅里，底下是慢慢燃着、最后慢慢熄灭的火，很安全，很好地代替了烤炉。礼拜天他们都这么弄，因为赛拉斯不同意用炉栅和烤炉，尽管那样更方便。他还是喜欢自己的老砖壁炉，还有他的棕色锅——他难道不是在那儿发现艾碧的吗？灶神现在仍然存在。就让所有新的信仰容忍这拜物主义吧，别让它伤了自己的根。

吃饭的时候赛拉斯比平常沉默得多，很快就放下刀叉，有些心不在焉地看着艾碧逗弄着小狗和小猫。这样，她吃饭的时间就拖得很长，然而这一幅景象却很能引人遐思：艾碧波浪般的长发金光闪闪，圆润的下巴和脖颈在深蓝色棉布长袍的映衬下，显得非常白皙。她欢快地笑着，小猫四爪抓着她的肩膀，造型像水壶的把手。她右手抱着小狗"啪啪"，左边擎着小猫"扑扑"，两个都伸出小爪去够她手上的食物，而她却故意把手伸得远远的，不让它们够着。时不时地小狗停止争抢，焦急地大声吼叫，向小猫抗议，责备她太贪婪，忠告她别徒劳争抢了。就这样闹着，直到艾碧心软了，爱抚着它们两个，把手中的食物分给它们。

终于，艾碧瞥了一眼钟表，结束了游戏，说道："哦，爸爸，你得到外面晒晒太阳，抽一斗烟。我得先收拾，在我教母来之前把屋子弄整齐。我会快快做完，不会花太长时间。"

赛拉斯最近两年养成了每天抽烟斗的习惯。他是听了拉维洛的贤哲们强烈的劝告，说是"能治昏过去"。这个建议得到了吉博医生的认可，理由是，试试没有坏处的东西有好处——此乃这位绅士行医过程中保证许多事情可行的原则。赛拉斯不太喜欢抽烟，还经常纳闷怎么他的邻居们这么喜欢抽。不过，他谦卑地默认了大家认为好的东西和方法。自从在壁炉边发现艾碧之后，他的"新我"已经养成了这个新习惯。这是他抚育这个带领他走出失去金钱后的黑暗的宝贵小生命时，他那迷糊脑袋所能执着寻求的唯一线索。为了给艾碧寻找到她需要的，通过分享每件事在她身上产生的效果，他逐渐和拉维洛生活模式中的风俗、信仰融为一体。同时，随着情感被唤醒，记忆也被唤醒了，他开始思考自己旧时的信仰，把它与新的体验混合起来，最后终于恢复了知觉，把他的过去和现在统一调和了起来。伴随着宁静与喜悦，他开始思考上帝的善和人的信。这样的思考让他模模糊糊意识到，是某些失误、某些错误，给他的黄金岁月投上了阴影。随着向多莉·温斯洛普打开心扉变得越来越容易，他逐渐向她讲述了他早年的生活。交流无疑是一个缓慢而困难的过程，因为赛拉斯解释能力匮乏，而多莉又缺少解读能力。她鲜有外出经历，无法理解陌生的习俗，赛拉斯讲述过程中任何新奇的东西都引她惊奇、令她费解。只有通过一点一点讲解，中间再给多莉留些时间仔细琢磨，她才稍稍明白。终于，赛拉斯讲到了他伤心往事的高潮——抓阄，以及抓阄对他所做的错误证明。关于这个呢，在好几次讨论中他不得不重复了又重复，之间她不断询问，用这个方法找出罪犯、洗刷无辜者的嫌疑，它的性质是什么。

"你们用的是同一本圣经，你确信，马南师傅——你从那里带来的圣经——跟从教堂里拿的，跟艾碧学着念的圣经是一样的吗？"

"是的，"赛拉斯说，"每一处都一样。圣经里有抓阄，请注意。"他低声补充了一句。

"噢，唉，唉，"多莉悲叹道，像是在听一个病人的不良诊断报告。她沉默了几分钟，最后说道——

"有些聪明的乡亲，他们懂得这一切是怎么回事儿。牧师懂得，我敢保证。不过他们讲啥事儿都用些大词，穷乡亲们不大听得明白。我老弄不懂在教堂听到的那些话的意思。只是这儿一点点，那儿一点点。不过我知道那是好话——确实知道。但是马南师傅，你心里头是这样想的，你既然无辜，那么天上的神们就该对你做正确的事情，他们就不该让人把你当成一个邪恶的贼给攥出来。"

"啊！"赛拉斯现在已经慢慢理解了多莉的措辞，说道："那个落在我身上，如同烧得通红的铁。因为，你知道，天上的、地上的，没有谁关心我，没有谁不离弃我。而那个人，我和他十年同进同出，从孩子的时候，什么都和他平分——我知己的朋友，竟然抬起脚踢我①，陷害我，把我毁了。"

"呃，他是个坏家伙——我真不知道还有这么坏的家伙，"多莉说道，"不过我真弄不明白，马南师傅。好像醒来了，却不知道是晚上还是早晨。我感觉就像我有时候把什么东西放起来，却不知道放哪儿了。这就像发生在你身上的事都有理由，如果你能明白理由是什么的话，那样你也就不会像这样失去信心了。不过我们以后还可以再谈这个，因为有时候当我给病人用水蛭吸血或是热敷的时候，脑子就想起了这些事情，而光是静静坐在那里却什么也想不起来。"

多莉经常给人帮忙，所以有很多机会得到她讲的这一类启示。没过多久，这个话题再次浮上她的心头。

"马南师傅，"一天，她来拿要洗的艾碧的衣物，说道，"我一直对你

---

① 典出《圣经·旧约·诗篇》41: 9。原文为："连我知己的朋友，我所依靠吃过我饭的，也用脚踢我。"

的事情,还有抓阄非常搞不懂,我思来想去,不知道该相信哪个。可是,那天晚上我陪着可怜的贝茜·福克斯——她撇下孩子,死啦,上帝帮助他们——我一下子像见到太阳光一样明白了。不过,我现在还明不明白,还能不能讲清楚,我不知道。因为我经常心里有许多话却说不出来。你说你家乡的人从来不背祷词,也不照着书祈祷,他们肯定非常聪明。因为要是我不会背'我们在天上的父'①,或者不背一点从教堂听回来的好话,那么每天晚上我跪下来,也许我什么也说不出来。"

"可是你说的我大多都能听得明白,温斯洛普太太。"赛拉斯说。

"哎呀,马南师傅,我是这样想的,关于抓阄和抓阄的结果,我不知道对错。也许牧师会告诉咱们,可他也只会讲一些大道理。但是让我像大白天一样明白的,是我一直思量着可怜的贝茜·福克斯的情形的时候。每当我替乡亲们感到难过,觉得自己没能力帮他们忙的时候,我脑子里就想起了这个,我半夜醒来可没有想起过——我脑子里就总是想啊,天上的神们要比我的心温柔许多——因为我不可能比造我的神们更好。要是啥事我很难弄明白,那是因为有些事情我还不懂。因为就那件事而论,可能有很多事我不知道,因为我知道得太少——就是那样。所以呀,我想着想着,就想到了你,马南师傅,这个道理一下子涌了上来:要是我心里明白什么对你是正确的、公正的,那么,那些又祈祷又抓阄的所有人,除了那个坏蛋,要是他们尽力公正待你,难道这不就说明造了咱们的神们比咱们更清楚,对咱们有更好的旨意吗?这就是我完全确信的道理。其他的对我来说就像大谜题。热病来了,带走了成年人,留下孤苦

---

① 指《马太福音》6:9-13中记载的主祷文,全文为:"我们在天上的父:愿人都尊你的名为圣。愿你的国降临;愿你的旨意行在地上如同行在天上。我们日用的饮食,今日赐给我们,免我们的债,如同我们免了人的债。不叫我们遇见试探;救我们脱离凶恶。因为国度、荣耀、权柄,全是你的,直到永远,阿门。"

无依的孩子。还有些人断了胳膊、腿儿,还有些总是走正道、认真严肃的,因为遭恶人祸害不得不受苦受难——唉,这个世上总有艰难困苦,总有些事儿我们永远弄不明白。我们要做的就是相信。马南师傅——去做我们明白的正确的事儿,去相信。因为要是咱们这些知道这么少的人都能够看到一点儿好的、一点儿正确的,那么,咱们还是可以确信,世上还有比咱们所知道的还要大的那些好的、正确的——我心里想肯定是这样。要是你能一直坚持相信,马南师傅,你也就不会离开你的那些伙伴,不会过得那么孤独了。"

"啊,不过那样太难了,"赛拉斯小声说道,"那个时候,要继续相信太难了。"

"是会很难,"多莉几乎自责地说,"都是说起来容易做起来难。虽然我给你说这些,其实我自己也很羞愧。"

"不,不,"赛拉斯说,"你说得对,温斯洛普太太,你说得对。这世上是有善——我现在也感觉到了。这让人觉得,虽然有艰难困苦,有败坏奸邪,可确实还有人看不见的善。那次抓阄我也搞不明白,但是这个孩子却送给了我。一直在关心着咱们——一直在关心啊。"

他们说这段对话的时候,艾碧还小,赛拉斯每天不得不跟她分开两个小时,因为艾碧要去女子学校学习读写。一开始,他试着教她,可是没教成功。现在她已经长大了,在与深爱的家人静静交流的时候,她经常问他,让他也给她讲他的过去,在她被送到他身边之前,他如何、为什么过着孤独寂寞的生活。他不可能瞒着艾碧,不让她知道她不是他亲生的孩子,因为即使拉维洛人尽量不在艾碧在场时说到她的身世,可是,随着她慢慢长大,她不断问起自己的母亲,这个问题要是不完全掩盖过去的话,也没办法加以回避。不过,掩盖过去反倒会给他们的心灵设置痛苦的障碍。所以艾碧早已知道,她的母亲死在雪地里,自己怎么在壁炉边被她的赛拉斯父亲发现,一头金色卷发怎么被赛拉斯误以为是他失而复得的金币。赛拉斯带着温柔的、独特的爱养育着她，几乎与她形影不离，再加上他们的住所远离村庄，很是僻静，保护着她免于受到村人闲言碎语、歪风恶俗的影响，让她的心灵一直保持着鲜活灵动，有时候还被错误地认为这是一直住在乡间的缘故。完美的爱如同诗歌的气息，令没怎么受过教育的人之间的关系也能变得崇高。这种诗歌的气息，从艾碧跟随着明亮的灯光，在它的召唤下来到赛拉斯的炉火旁时起，就一直包围着她。所以毫不奇怪，除了外表俏丽优美之外，艾碧在其他方面也全然不像普通的乡村少女，而是带有一份优雅热情，这种优雅热情只有温柔呵护、毫无污染的情感才能教导出来。她太幼稚单纯，所以还想不到拐弯抹角去打听自己那位不认识的父亲。很长时间她甚至从未想过，她肯定还有一位父亲。她母亲还有一位丈夫这个想法第一次出现在她的脑子里，是当赛拉斯给她看那个从她母亲消瘦的手指上摘下来的结婚戒指的时候。戒指一直被他保存在一个鞋子形状的漆盒里。艾碧长大成人后，赛拉斯把这个盒子交给她保管。她经常打开它，看着那个戒指，但是她仍旧没怎么想到她的父亲。对她来说，父亲只不过是个象征而已。她不是有位和她非常亲密，比村子里任何一位实实在在的父亲都爱女儿的父亲吗？所以，倒是她的母亲是谁，为何那样悲惨地死去这样的问题常常涌上她的心头。温斯洛普太太是除了赛拉斯之外她最亲密的朋友。从温斯洛普太太身上，她感觉到，对孩子来说，母亲肯定非常珍贵。她一次次央求赛拉斯，给她讲她母亲长什么样，看上去像谁，他是怎样顺着小脚印，被她的小胳膊拽着，在金雀花丛旁发现她的。那丛金雀花仍旧还在那里。这天下午，当艾碧与赛拉斯一起出去，走进阳光里时，金雀花首先吸引了她的双眼和思绪。

"父亲，"她严肃地轻声说道，有时候，这种语调好似她惯常的戏谑中飘过一丝悲伤的、缓慢的旋律，"我们要把金雀花移栽进花园，种在那一角，紧挨着我打算种的雪花莲和番红花，因为亚伦说它们不会死，而且还会越长越多。"

"啊，孩子，"赛拉斯说，很明显他不喜欢吧嗒吧嗒抽烟斗，老喜欢停下来，所以总是把烟斗拿在手里，随时准备说话，"没有金雀花可不行，我想，当它枝头开满黄花，再没有比它更漂亮的了。不过，我刚才在想我们用什么做篱笆，也许亚伦可以帮我们想想。我们得有篱笆，要不然驴子啥的就会来，把什么都踩坏了。我想来想去，觉得篱笆很难弄。"

"啊，我来告诉你吧，爸爸，"艾碧想了一会儿，突然拍着手说，"附近有许多散落的石头，有些不太大，咱们可以把石头垒起来做成墙。你和我可以搬最小的，剩下的亚伦来搬。我知道他愿意干的。"

"呃，我的宝贝儿，"赛拉斯说，"周围没有足够的石头。至于你搬石头嘛，你的小胳膊搬不起比萝卜大的。你造得细嫩，我亲爱的。"他又慈爱地补充了一句："那是温斯洛普太太说的。"

"啊，我比你想的要壮，爸爸，"艾碧说，"要是周围的石头不够，可以拿它做一部分墙，然后很容易找些木棍啥的把剩下的部分弄好。看这儿，这大坑周围，这么多石头！"

她蹦蹦跳跳来到坑前，打算搬起一块石头，展示展示她的力气，但又惊讶地回来了。

"噢，父亲，快来看这儿，"她惊叫道，"快来看，从昨天起水下去了。哎，昨天坑里的水还很满！"

"呃，真的，"赛拉斯来到她身边，说道，"嗯，那是他们自从收了庄稼以后开始排水了，在奥斯古德先生的田里，我想。这是那天我经过时工头对我说的。'马南师傅，'他说，'我们要是把你这儿的荒地弄得和骨头一样干，我也不会感到惊奇。'他说，是高弗雷·卡斯先生着手排水的，他接手了奥斯古德先生的这些田。"

"把老坑里的水排干，多奇怪！"艾碧说，一边转过身，蹲下去搬一块挺大的石头。"看，爸爸，我完全可以搬得起，"她说，使出很大劲儿搬着石头朝前走了几步，但很快就松了手，让它掉了下来。

"啊，你很壮啊，不是吗？"赛拉斯说，而艾碧则摇着弯曲的胳膊大笑。"好啦，好啦，咱们走，到路边斜坡靠着梯级坐坐，别再搬了。你会伤了自己的，孩子。你需要别人替你干——我的胳膊也不太有劲儿啦。"

最后一句话赛拉斯说得很慢，似乎意味深长，不光是说说而已。他们在路边斜坡上坐了下来，艾碧依偎在他身旁，拿起父亲不再有劲儿的胳膊，放在自己腿上抚摸着。赛拉斯抬起另一只胳膊，又认真地抽起了烟斗。身后树篱间，一棵梣木遮挡住了点点阳光，在他们周围投下快乐顽皮的影子。

"父亲，"他们沉默不语坐了一会儿之后，艾碧柔声说道，"要是我结婚的话，我是不是应该戴我母亲的戒指？"

赛拉斯不易觉察地一惊，虽然这个问题和他自己心底思想的潜流不谋而合。然后他低声问道："呃，艾碧，你一直在想这个吗？"

"也就是上一周，父亲，"艾碧机灵地说道，"亚伦跟我说了以后。"

"他说什么来着？"赛拉斯仍旧低声说道，似乎害怕声音抬高一点点会对艾碧不好。

"他说他想结婚，因为他快二十四岁了，而且现在茂特先生不干了，他的园艺活儿也很多。他一周固定到卡斯先生家去两次，到奥斯古德先生家去一次，而且他们还准备把他介绍给牧师府。"

"他想要跟谁结婚呐？"赛拉斯脸上带着伤心的微笑，问道。

"啊，我呀，肯定了，爸爸，"艾碧说，带着酒窝笑着，亲了亲父亲的脸颊，"好像他想跟别的谁结婚似的！"

"那你打算接受他，是吗？"赛拉斯问道。

"是的，将来某个时候，"艾碧说，"我不知道什么时候。每个人不管哪个时候都要结婚，亚伦说的。可是我告诉他不是这样，我说因为，看看爸爸，他从未结过婚。"

"没有结过，孩子，"赛拉斯说，"把你送给他，你父亲就孤身一人啦。"

"你再也不会一个人啦，父亲，"艾碧温柔地说，"亚伦这么说的——'我从没想过把你从马南师傅那里夺走，艾碧。'我说：'你就是想也没用，亚伦。'他想我们住在一起，这样你就不需要干活，父亲，只干你喜欢的。他会像个儿子一样对你，那是他说的。"

"你喜欢那样吗，艾碧？"赛拉斯看着她问道。

"我不介意，父亲，"艾碧简单说道，"只要你不需要工作太多，我就喜欢。要是不是那样，我但愿不要改变。我很幸福，我很高兴亚伦喜欢我，还经常来看我们，对你也挺不错。他一直对你都挺不错的，不是吗，父亲？"

"是，孩子，再没人比他更不错的了，"赛拉斯强调道，"他是他母亲的孩子。"

"可是我不想有什么改变，"艾碧说，"我想就像现在这样过很长很长时间。只是亚伦想要改变。他让我哭了一会儿，只是一会儿，因为他说我不在乎他，因为我要是在乎他，我就应该像他一样想我们俩结婚。"

"呃，我受祝福的孩子，"赛拉斯说，一边放下烟斗，因为再继续假装抽烟没什么用处，"你现在结婚还有点太小了，我们问问温斯洛普太太吧，我们问问亚伦的母亲怎么想。要是正确，她会赞同的。但是这一点我们要想想，艾碧，那就是，不管我们喜不喜欢，事情总是会变化的。事情不会好长时间一成不变。我会变得越来越老，越来越没用，还可能成为你的负担，要是我不死，一直不离开你的话。我的意思不是说你会把我当成累赘，我知道你不会的，但是那样你会很辛苦。每次我想到这一点，我希望你身边除了我，还有别人——一个年轻强壮的人，比你活得长，照顾你到老。"赛拉斯顿了顿，手腕支在膝盖上，上下摇着手，看着地面，若有所思。

"那，你愿意让我结婚吗，父亲？"艾碧说，声音有点颤抖。

"我不会说不，艾碧，"赛拉斯强调地说道，"不过我们得问问你的教母。她会期望你和她儿子做正确的事情的。"

"他们来啦，"艾碧说，"咱们去迎接他们吧。噢，烟斗！你把它点上好吗，父亲？"艾碧一边说，一边从地上捡起那个医疗器具。

"不抽啦，孩子，"赛拉斯说，"今天已经抽够了。我想，也许一点点要比一下子抽好多对我更有好处。"

当赛拉斯和艾碧坐在路边斜坡上,在桦树斑驳的树荫下谈着天的时候,普丽西拉·兰默特小姐正在反对着她妹妹的提议,那就是,在红宅里喝茶,然后让父亲在那儿长长打个盹儿,要比吃完饭后直接驾车回华伦田庄好一些。这家人(只有四位)围坐在光线暗淡、镶有护壁板的客厅里的餐桌旁,面前摆放着教堂钟声敲响之前南希早已亲手精心用叶子装点好了的礼拜日丰盛的餐后水果,有新鲜的欧洲榛子、苹果和梨。

客厅与高弗雷单身时、老乡绅没有妻子的统治时相比,有了很大的变化。现在,从地毯四周一码宽的橡木地板,到壁炉台上方雄鹿角上挂着的老乡绅的枪、鞭子、手杖,一切都亮光闪闪,昨日的灰尘绝不容停留。其他运动和户外用品被南希移到了另一个房间。但是她给红宅带来了孝顺、尊敬长辈的好习惯,把丈夫父亲的遗物神圣地保留下来,以示敬重。那些大杯仍旧放在侧桌上,不过有着浮雕花纹的银杯因为人手已不再握拿而暗淡无光,杯子里也不再留有残渣,散发出令人不快的味道。

弥漫在屋子里的,是插满个个德比郡晶石①花瓶里的薰衣草和玫瑰叶的香味。这间曾经阴郁沉闷的客厅,现在一切完全洁净有序,因为十五年前,一位新主人走了进来。

"现在,父亲,"南希说,"您还有什么事要回家喝茶?难道就不能和我们待在一起?这个黄昏肯定会非常美丽。"

老绅士一直在与高弗雷谈论着不断增加的贫民救济税②,谈论着艰难败落的时世,没有听见两个女儿的对话。

"我亲爱的,你得问普丽西拉,"他说,曾经坚定的声音现在已变得断断续续的了,"她管着我,还管着农场。"

"我管您是对的,父亲,"普丽西拉说,"要不然您得让风湿病把您给缠死。至于农场嘛,要是出了什么错的话,在这个年月那也没法子。要是没别人来管理,只好自己给自己挑毛病找碴,再没有比这更能要人命的了。所以最好的办法就是你当主人,让别人替你管着,而你手里握着责备的权力。那会省了许多人得中风,我相信。"

"好,好,我亲爱的,"她父亲哑然一笑,说道,"我没有说你管得不好嘛。"

"那么管一管留下来喝茶这件事吧,普丽西拉,"南希温柔又深情地拉住姐姐的胳膊,说道,"好啦。让父亲小睡一会儿,我们到花园里走走。"

"我亲爱的孩子,他在小马车里能美美地打个盹儿,因为是我来驾

---

① 德比郡:英格兰中东部郡名。晶石:各种易裂、易剥落而具有光泽的非金属性矿物的总称。
② 贫民救济税(Poor-Rate):1601年伊丽莎白一世颁布救济贫法,就私人财产征税,用以救济教区贫民。拿破仑战争结束之时,粮食价格大跌,英国政府为补偿劳工工资过低而提高救济税额。

车。至于留下来喝茶,我不能同意。有个挤牛奶的女仆米迦勒节①要结婚了,她会高兴得把挤出来的奶像倒进锅里一样倒进猪食槽里的。她们都是这个样子,好像以为她们要结婚,世界也要因此而新造一样。所以,来让我戴上软帽。套马车的时候还有些时间,可以让我们在花园里走走。"

两姐妹踏上打扫得很整洁的花园小径。小径两边鲜亮的草皮,和深绿色、被修剪成锥形、拱形的墙一般的紫杉树篱对比鲜明,相得益彰,令人赏心悦目。这时,普丽西拉说:

"你丈夫和奥斯古德表弟交换了土地,开始养奶牛,我高兴得不得了。以前你们没有这样做,真是可惜一千倍,因为做奶制品可以让你有事操心。谁要是想有点事操操心,打发打发日子,再没有什么比做奶制品更好的了。你抹家具抹到能照见自己的脸,然后再就没什么可做的了。可是做奶制品呀,你总有新鲜事要做。即使在隆冬努力做黄油,不管做得出做不出,也还是有一些乐趣的。我亲爱的,"她们肩并肩亲热地走,普丽西拉紧紧拽着妹妹的手接着说道,"等你开始做奶制品,你永远也不会情绪低沉了。"

"啊,普丽西拉,"南希清亮的眸子感激地一瞥,回应姐姐的亲昵,说道,"可那对高弗雷没什么作用,男人对做奶制品没多大兴趣。他所在意的事情才使我情绪低落。我对我们已有的祝福心满意足,要是他能满意就好啦。"

"真是让我失去耐心,"普丽西拉粗暴地说,"男人就那样,总是想要这,想要那,永远不会满足于自己已经拥有的。他们呀,就算是没病没痛、不疼不痒坐在椅子里,也不会感到舒服。要么必须嘴里噙个烟斗让

---

① 米迦勒节(Michaelmas):9月29日,为纪念大天使圣米迦勒的节日;在英国为四大结账日之一。其他三个结账日为:天使报喜节(Lady Day,3月25日)、施洗约翰节(Midsummer Day,6月24日)、圣诞节(12月24日)。

自己再舒坦一些，要么就必须灌点儿烈的，从上一顿喝到下一顿，虽然下一顿饭之前他们不得不喝快一点。不过很高兴地说，我们的父亲从不是那样的人。要是上帝高兴，把你造得像我一样丑，男人们也不会追你，我们就可以待在自己家里，就不会跟那些血管里流着不安分的血的人有任何关系了。"

"哦，别这么说，普丽西拉，"南希因为自己导致了姐姐发火而感到后悔，说，"谁也挑不出高弗雷的错。没有孩子，他自然很失望。每个男人都喜欢能为孩子们工作，为他们积攒。他一直指望能有自己的小孩子可以宠着、惯着。有许多男人比他更渴望。他算最好的丈夫之一了。"

"哦，我知道，"普丽西拉微笑着挖苦道，"我知道妻子们的那一套。她们先把别人弄得谴责她们的丈夫，然后再回过头来向别人夸丈夫，好像要卖自己丈夫似的。父亲在等我，咱们得往回走了。"

那辆挺大的套着那匹稳重的老灰马的二轮轻便马车已在前门等候，兰默特先生也已站在石头台阶上了，对高弗雷回忆着过去骑这匹叫"斑点"的马时它的优点，以此打发时间。

"我过去一直总要养匹好马，你知道。"老绅士说，不愿意那样精力充沛的时候在晚辈的记忆里被涂抹掉了。

"这一礼拜结束之前，麻烦你送南希到华伦田庄，卡斯先生。"这是普丽西拉临别时的强制令，然后她拽起缰绳，轻轻一摇，给了"斑点"一点友好的刺激。

"南希，我顺便去采石坑旁边的地里头看看水排得怎么样了。"高弗雷说。

"喝茶时间你会回来吗，亲爱的？"

"是，我一小时后回来。"

礼拜日下午，到地里悠闲地散散步，干点沉思默想的活儿，是高弗雷的习惯。南希很少陪伴他，因为她那个时代的妇女，除非像普丽西拉那样管理家外面的活计，一般不习惯走出自家房子和花园太多，因为在履行家庭职责中她们已经找到足够的锻炼了。所以，普丽西拉不在身边的时候，南希通常坐在那儿，面前摊开一本曼特版圣经①。看上一会儿之后，她只能任由眼睛渐渐迷离，因为她的思想早已习惯漫游了。

虽然如此，南希礼拜日的思绪却很少背离面前摊开的这本书中所蕴含的热诚和虔敬的意图。她受到的神学教育不多，还无法弄清这本她随便翻开的、昔日写就的神圣卷宗和她现在黯淡、简单的生活有什么关系。但是正直诚实的精神，以及关心自己行为对别人的影响的责任感，都是南希性格中很强的元素。这也让她养成一个习惯，那就是，带着深深的自我质疑，审视自己以往的情感和行为。她大脑里的内容并不是形形色色、丰富多彩的，所以闲暇时间她只能活在内心的回忆里，一遍一遍回忆着自己的经历，尤其是婚后十五年的生活经历。在回忆中，她的生活和生活意义被放大了一倍。她回忆着那些至关重要的情景中的小细节，说的话、语气、表情等，那些情景或者向她开启一个新的人生阶段，让她更深入洞悉生活中的各种关系和考验，或者小小考验一下她的耐性，考验她坚持履行或假想或真实职责的能力。与此同时，她也在不断质问自己，是否在各个方面都做到了无可指摘。这种过度的反思和自我质疑，也许不可避免地是那些有太多道德情感，却又缺乏适当参与外界活动、实际生活中缺乏感情寄托的人——一个心地高贵、无子无女、生活面狭窄的妇人——的病态的习惯。"我能做的太少了——我是否一切都做得完美呢？"是永远盘旋在她心里的问题。而且没有声音召唤她脱离那样的独白，没有谁威严地命令她，不要再将精力花在虚妄的懊悔和多余的自

---

① 曼特版圣经：乔治·道伊利主教（the Rev. George D'Oyly）和理查德·曼特主教（the Rev. Richard Mant）合作注释评论的一个《圣经》版本，1814年牛津和伦敦出版社出版。

责上。

　　在南希的婚姻生活中，有一条痛苦的主线。悬挂在这条线上的，是某些特定的、感受深刻的情景，也是最频繁地出现在她的反思之中的情景。与普丽希拉在花园里的短短一番交谈，已经决定了这个礼拜日下午她的思想又要朝着那个常去的方向流动了。她一开始思想走神，就在想象中针对普丽希拉对丈夫隐隐的指责拼命加以辩护，虽然她的眼睛和嘴唇仍旧试图无声地、忠实地读着经文。为所爱的对象辩白，是感情能找到的医治自己伤口最佳的止痛药膏了。"男人心里想的事情肯定更多"——当妻子得到粗鲁的回答，听到冷冰冰的话语时，支撑她、让她仍旧笑脸相迎的就是这个信仰。而造成南希最深的伤口的，完全是因为她知道，家中壁炉旁缺少孩子的欢声笑语这一缺憾总盘踞在丈夫心中，令他欲罢不能。

　　然而，没有得到这个祝福，甜蜜的南希本来要更加难过，感受要更加深刻。当她身怀六甲，盼望着当母亲，这个慈爱的妇人心里装满了各种期待，做了各种准备，既庄严又可爱琐碎。不是有一个橱柜，除了一套最后作了葬衣的小衣服之外，仍然像十四年前她放的那样，装满了她亲手做的，从未被穿过、被摸过的婴儿衣物吗？但是，面对这样对她个人直接的考验，南希非常坚强，毫无怨言，以至多年以前她突然中断了去看这个橱柜的习惯，以免自己用这种方式对不送给她的心怀渴望。

　　也许，恰恰因为她过于苛刻地不使自己沉溺于她自认为是罪的悔恨之中，她不愿把自己的标准也用在丈夫身上。"这不一样——男人那样失望要糟得多。女人可以永远满足于献身丈夫的生活，可是男人却需要其他的来让自己有更多期望。而且，干坐在炉火旁对他来说，要比对于一个女人更无聊。"每当南希想到这一点，也就是，带着自以为是的同情，试图从高弗雷的角度去看一切时，她又开始重新自我质疑。她有没有竭尽全力减轻高弗雷因没有孩子而产生的思想负担呢？六年前以及四年前她忍受巨大痛苦，拒绝接受丈夫收养一个孩子的意愿，这种做法是否真的正确呢？比起现在，在那个年代，收养孩子的想法和习惯仍离人们非常遥远。况且，南希还有自己的看法。她要对所有被她注意到的问题——那些不光男人关注的问题——形成自己的观点。这个非常有必要，如同她的每一件个人财物都必须有明确标记的放置地方一般。而且她的观点全是她的原则，总是不可改变，要严格执行。这些观点非常顽固，不是因为立场正确，而是因为与她的心思活动密不可分的她的固执。对所有生活中的职责和规矩，从对父母的孝敬到晚间梳妆用具的放置，漂亮的南希·兰默特从二十三岁起，就制定了她不能改变的小准则，而且根据那个准则严格规范自己的习惯。她用最不起眼的方式，在自己心里执行着她已决定的事情。它们植根于她的心中，像青草一样悄悄生长。我们知道，多年以前她坚持和普丽希拉穿戴一模一样，因为"姐妹穿戴一样才对"，因为"哪怕穿那件染成奶酪色的礼服，也要做正确的事"。那个例子虽小，却是反映调控南希生活的准则的最典型的例子。

正是那些严格的原则，而不是小气的个人感情，才是南希努力反对丈夫意愿的根本原因。因为得不到自己的孩子而去收养孩子，是不顾上帝的旨意，自己挑战命运选择的行为。她相信，收养的孩子都不会出息得好，会成为那些任意而为、反抗上帝的人的诅咒，因为他们总想获得那些上帝出于某些原因，很清楚地启示他们最好不要拥有的东西。南希说，当你看到什么事情不是出于上帝的旨意，那么放手就是你的本分，而不是希望得到它。也许到目前为止，即使最聪明的男人最多也只可能从措辞上改改她的原则而已。但是她明确判断哪件事情不是出于上帝旨意的方式，却依赖于一个更古怪的思维模式。如果某一个地方连着三次下雨，或者出现其他上天送来的原因，给她的出行造成障碍，她就再也不会去那个地方买东西。谁要是不顾这些征兆执意继续前往，她就预想，这人肯定会摔断胳膊腿儿，或是遇到其他非常严重的不幸。

"可是，你为什么会认为那孩子会出息得不好呢？"高弗雷抗议道。"她跟着织布匠，像其他孩子一样长得很好。而他收养了她。教区里还没有哪个小姑娘像她那么漂亮，像她那样配得上我们能给她的身份地位。哪里可以看出她有可能给谁带来诅咒呢？"

"没错儿，我亲爱的高弗雷，"南希双手紧紧交叉坐在那里，眼里充满柔情，既有渴望，又有惋惜，说道，"那孩子跟着织布匠可能不会出息不好。可是，马南那时候并没有像我们这样，刻意去找她啊。那样做不对。我确定它是不对的。你难道忘了，我们在洛伊斯顿温泉碰到的那位女士说的她姐姐收养的孩子？我只听过这么一个有关收养的故事，那孩子二十三岁时就犯了罪被流放。亲爱的高弗雷，不要要求我做我认为错误的事情，那样我就再也不会幸福了。我知道这对你来说很痛苦——我要好受一些——但是这是上帝的旨意。"

南希生长在狭隘的社会传统中，教义呢，她只听到一些支离破碎的讲解，她的理解又出了些偏差，再加上她没多少人生经历，全凭一个女孩子单纯的理解推论，拼凑出了她的宗教理论。大家可能觉得有一点惊讶，南希竟然用自己的方式形成了与许多狂热教徒如此相似的思维方式。他们的信仰经常形成体系，而她对他们却根本无从知晓。如果我们不了解，人类的信仰其实如所有其他自然界事物的生长一样，并不受什么体系限制的话，那么确实会感到惊讶。

从艾碧大约十二岁的时候，高弗雷开始明确提出要收养她。他从未想过，赛拉斯宁愿舍弃生命，也不愿与艾碧分开。织布匠肯定希望他费了这么多神养大的孩子过得好，看到这么好的运气降临到她身上，肯定会非常高兴。艾碧将会永远非常感激他，而赛拉斯呢，也会得到妥善的照顾，直到他生命的尽头——因为他为这个孩子做了了不起的事情，值得被妥善照顾。这不是地位高的人从地位低的人手里把什么接管过来时该做的事情吗？在高弗雷看来，这样做再合适不过了，原因只有他自己知道。通过低级的错误逻辑推论，他认为这个办法比较容易达成自己的愿望，因为他有不为人知的动机。这样判断赛拉斯和艾碧的关系，真是粗鄙。不过我们必须记住，基于他对周围劳动人民的印象，高弗雷赞同这样的观点，那就是，那些手掌结茧、生活拮据的人不会有很深的感情。因为，即使高弗雷有能力，他也从来没有机会近距离接触马南那特殊的情感经历。正因为缺乏这方面的了解，高弗雷不免对自己残忍的计划感到其乐陶陶。时间久了，他天生的善良已经使他忘记了自己过去的残忍，忘记了自己残忍希望妻子死的那段可怕时光。南希对他这个做丈夫的的赞扬并非完全建立在恣意的幻想之上。

"我是对的，"她回忆着他们讨论收养孩子的所有情景，自言自语道，"我觉得，我对他说'不'是正确的，虽然这样做我自己受伤害更深。不过，关于这件事，高弗雷真是太好了！许多男人，要是他们的意愿遭到反对，都会非常生气。他们可能会有意无意地说，跟像我这样的人结婚太倒霉了。可是，高弗雷从未对我说过什么难听的话。他只是藏不住而已，什么事情他都觉得没意思，我知道。还有田地——要是他为自己正在成长的孩子管理田地，做一切事，那么对他来说，那些地该多么不一样啊。不过我不会为此发牢骚。如果他娶了个能生孩子的老婆，也许在其他方面她又会令他头疼。"

这一可能性是南希的主要安慰。为了增强这一可能性，她努力做得尽善尽美，没有哪个妻子能比她更温柔。她平生只有收养孩子这件事被迫令他大伤脑筋。高弗雷并不是感受不到她的温情和努力，所以也并没有因她的固执己见而错待她。跟她生活了十五年，他不可能意识不到，她总是无私地坚持正道，她的品格总是像花朵上的露珠一样真诚清澈。没错，高弗雷强烈地意识这一点，而他自己的本性犹豫不决，总是因害怕面对困难而不愿保持纯真和诚实，所以一直有点敬畏他这位温柔的、看着他的脸色、盼望听他吩咐、服从他的妻子。在他看来，自己永远不可能坦白告诉她关于艾碧的事情。隐瞒了那么长时间,现在告诉她,他原来的婚姻肯定令她厌恶,永远都不会让她从中恢复过来。而且他认为,那个孩子肯定也会成为她厌恶的对象,看一眼都会令她痛苦。南希自尊心很强,又对这个世界上的邪恶一无所知,她肯定会感到非常震惊,恐怕她娇柔的身躯难以承受。既然他心里藏着那个秘密与她结了婚,那么他就必须继续将它藏着,直到最后。无论如何,不能和长期深爱的妻子之间产生不可弥补的裂痕。

那么与此同时,为什么他不能因为拥有这么一位令他的家生辉的妻子,而决心忍受无子无女的生活呢?为什么他的思绪总是很不自在地飞走,想起自己没有孩子这个事实,好像那是他生活不够欢乐的唯一原因呢?我想,所有已步入中年,还没有清醒地认识到生活永远不会完全欢乐幸福这一道理的男男女女,都会这样想。暗淡的时光无所事事,生活单调乏味,心中不满,就来寻求一个明确的东西,把自己的不幸福归结为他们缺乏或者从未拥有过这个好东西。"不满"闷不作声,坐在这家没有儿女的壁炉边,心里羡慕着回到家里自己孩子一声声叫爸爸的那些父亲。"不满"也坐在另一家的餐桌旁,身旁小小的脑袋像苗圃里的幼苗,一个比一个蹿得高,它看见阴郁盘旋在他们每一个身后,觉得,男人冲动之下,放弃自由缔结家庭纽带,没有别的,实在是一时发疯。就高弗雷来说,为什么良心不安总是恳请他反省,事实上还另有原因,本来他的良心一直使他未能完全放下艾碧,现在在他看来,他家中无儿无女,是他的报应。而且随着时间的流逝,南希一直拒绝收养艾碧,他想弥补自己的过错也变得越来越难。

截至这个礼拜日下午,他们之间已有四年没有提到这个话题了。南希以为,这个话题已经被永远埋葬了。

"我不知道,当他越来越老,究竟是更加在乎还是更少在乎这个,"她想道,"恐怕是更在乎。年老的人才会感到没有孩子的孤独,父亲要是没有普丽西拉该怎么办呢？要是我死了，高弗雷将会非常孤独，他跟他的兄弟们也不太亲近。不过事前我还是不要太忧虑，不要这么思来想去，想弄个明白。我应该为目前尽自己最大的努力。"

想到这里，南希从她的白日梦中惊醒，再次把目光投向被她遗忘的那一页圣经。遗忘的时间比她想象的要长，因为她很快惊讶地发现，仆人端着茶点进来了。实际上，这时候比平日喝茶的时间要稍早一些，但是女仆珍恩有她自己的理由。

"老爷进院子了吗，珍恩？"

"没有，夫人，他没有。"珍恩说，语气有点儿重，然而她的女主人却没有注意到。

"我不知道您看到没有，夫人，"珍恩停顿了一下，继续说道，"可是我在前窗那儿看见，乡亲们都急急忙忙往一个道上赶。我怀疑出了什么事。院子里一个男人也看不到，要不然的话，我会打发谁去瞧瞧。刚才我爬上阁楼顶，可树挡着，什么也看不见。希望没人受伤，就这些。"

"哦，不会吧，我敢说没什么大不了的事儿，"南希说，"也许跟以前一样，斯奈尔先生家的公牛又跑出来了。"

"但愿它别用犄角顶人了，就这些。"珍恩说，可她心里对想象出来的各种灾难却并不太讨厌。

"这个女孩子老爱吓我，"南希心想，"真希望高弗雷快点回来。"

她来到窗前，极目朝大路上望去，心里有些不安。她觉得这样很幼稚，因为她并没有看见珍恩说的任何骚乱的迹象，再说高弗雷不可能从村里大路上回来，他要从田里回来。然而，她仍旧站在那里，凝视着宁静的教堂墓园，凝视着墓碑长长的影子落在明亮青翠的小丘上，凝视着那后边牧师府到了秋天鲜艳夺目的树林。面对外面如此静谧的美，她的内心却更加清楚地感到莫名的恐惧，就像一只大黑乌鸦扇动翅膀，穿过灿烂的阳光，缓缓飞来。南希越加希望高弗雷快点回来。

第十八章

有人从房间另一边开门进来了,南希感觉到那是她的丈夫。她从窗边转过身来,眼里带着欣喜,因为这位做妻子的最大的担心已被平息了。

"亲爱的,谢天谢地,你回来了,"她边说边向他走了过去,"我开始有点——"

她戛然而止,因为高弗雷双手颤抖放下帽子,脸色苍白,奇怪地、茫然地看着她,似乎确实看见了她,但只是把她看作和周围事物一样的东西,而他自己却看不见。她把手放在他的胳膊上,不敢再说话。可是他对她的这一举动视而不见,一屁股坐到了椅子上。

珍恩早已端着嘶嘶冒着热气的罐子站在门口。"告诉她别进来,好吗?"高弗雷说道。门再次关上之后,他定下心神,尽力把话说得清楚。

"坐下来,南希,那儿,"他指着对面的椅子说,"我尽快赶回来,是不想让别人,而是由我自己来告诉你。我感到震惊无比,可我最关心的是这事会让你震惊。"

"不是父亲和普丽西拉吧?"南希双唇颤抖,双手紧握放在腿上,问道。

"不是，不是活着的人，"高弗雷说，他原本希望很体贴、很有技巧地坦白，却无能为力，"是登斯坦，我弟弟登斯坦，十六年前不见了踪影的那个。我们发现了他——发现了他的尸体——他的骷髅。"

刚才看到高弗雷的表情，南希非常害怕，现在听了这话，她感到一阵轻松。她坐在那儿，相对来说还算镇静，倾听他还有什么别的要告诉她。他继续道：

"采石坑突然之间水干了，因为排水的缘故，我想。他就躺在那儿，已经躺了十六年了，卡在两块大石头之间。还有他的表和印章，有我的金手柄猎鞭，刻着我的名字。那天他骑着野火去打猎，没让我知道就拿走了。那是他最后一次露面。"

高弗雷停顿了一下，接下来他要说的可并不这样容易。"你认为他自己跳水淹死了吗？"南希问道，心里很想知道，为什么多年以前他并不喜欢的弟弟发生这种事，丈夫竟然会如此震撼，这个弟弟可干过更糟的勾当啊。

"不是，他失脚掉了进去，"高弗雷说，声音低沉，却很清晰，似乎感受到这个事实中有什么深切的含义。他迅速补充道，"登斯坦就是偷了赛拉斯·马南钱的人。"

南希感到非常惊讶和耻辱，血涌上她的脸颊和脖颈，因为她受的教养，使她认为即使一个远亲犯了罪，那也是自己的不名誉。

"哦，高弗雷！"她说道，语气充满怜悯。因为她立刻想到，她丈夫会更加深刻地感受到这种耻辱。

"钱就在坑里，"他继续说道，"所有织布匠的钱。什么事都对到一起了。他们现在正把骷髅运到彩虹。我则回来告诉你，没什么可遮掩的了，你必须知道。"

他沉默不语，盯着地面，漫长的两分钟啊。南希本想就这丢脸的事说点安慰的话，不过她忍耐住了。她清楚地意识到，后面还有什么事——

高弗雷还有别的要告诉她。很快,他抬起眼睛,盯着她的脸,目光一直定在她的脸上,开口说道:

"什么事都迟早要暴露出来,南希。如果全能的上帝意愿如此,我们的秘密都要被揭穿。我心里一直有个秘密,但是,我不会再瞒你了。我不愿意让别人、而不是我来告诉你——我不愿我死后你才发现这个秘密。我想现在就告诉你。我的一生一直徘徊在'愿意坦白'和'不愿意坦白'之间。现在,我下定决心了。"

南希心里又充满了巨大的恐惧。丈夫和妻子眼神相遇,却满是畏惧。危机来临,温情已然不在。

"南希,"高弗雷缓缓说道,"我和你结婚的时候,我向你隐瞒了一些事情,我本应该告诉你的事情。那个马南发现的死在雪地里的女人——艾碧的母亲——那个可怜的女人,是我的妻子。艾碧是我的孩子。"

他停顿下来,心里害怕看到坦白的后果。但是南希仍旧一动不动地坐着,只是她的眼睛垂了下去,不再看他。她脸色苍白,双手紧握放在腿上,像座沉思的雕像,沉默不语。

"你再也不会像以前那样看我了。"过了一小会儿,高弗雷嗓音微微颤抖,说道。

她一言不发。

"我那时候不应该没有认这个孩子。我不应该对你隐瞒。可是当时我实在难以放弃你,南希。我是陷入圈套才和她结婚的。我倍受折磨。"

南希仍旧沉默不语,看着地面。他几乎快以为,她会立刻站起来,说要回父亲家。她的观念简朴严格,又怎能容忍对她做出的如此严重的过错呢?

但是终于,她再次抬起眼睛,看着他的眼睛,开口说话。她的声音中没有愤怒,只有深深的悔恨。

"高弗雷,哪怕你六年前告诉我这些,我们还可以为这孩子尽一些我们该尽的责任。你是怕我知道她是你的孩子，会拒绝让她进门吧？"

那一刻，高弗雷感到非常痛苦，因为自己所犯的错误不仅纯粹没有用处，而且犯错的理由也毫无意义。他从未仔细想过与自己生活多年的妻子的为人。然而，她又说开了，语气更加激动。

"还有——哦，高弗雷——要是我们从一开始就拥有她，要是你一开始像一个父亲该做的那样爱她，她就会把我当成她的母亲来爱，你和我的生活也会幸福一些了。比起这个，我的宝宝死了我还更能忍受。那样的话，我们的生活就会和我们过去向往的更接近了。"

眼泪流了下来，南希不再说了。

"可是要是我告诉了你，南希，你就不会嫁给我了。"高弗雷说道。他非常自责，内心痛苦不堪，可还想尽力证明他的行为并非完全愚蠢。"现在你这样想，可是那时候你不会的。你和你父亲自尊心都很强，如果我说了，你肯定痛恨与我有关的任何事情。"

"我不能说我会做些什么，高弗雷。我本不应该跟任何人结婚。可是不值得为我做错事，这个世界上什么都不值得让人做错事。所有的事情都不会像以前那样美好了，甚至我们的婚姻也不那么美好了，你看。"说最后一句话的时候，南希的脸上浮起一个虚弱的、哀伤的微笑。

"我这个人比你以前认为的要坏，南希，"高弗雷浑身战栗，说道，"你能原谅我吗？"

"你对我的过错并没什么，高弗雷。你已经弥补了对我的过错——十五年来，你一直对我很好。你是对另一个人做了错事，而且我怀疑，你永远都无法弥补了。"

"可是我们现在可以把艾碧接回来，"高弗雷说，"我不在乎让全世界都知道。我的余生要过得坦白率直。"

"到我们身边也会不一样了，她现在已经长大了，"南希悲伤地摇着头，说道，"可是你有责任告诉她实情，抚养她。我也会对她尽到我的那份责任，祈求全能的上帝让她爱我。"

"那么今晚等采石坑那儿所有的事平息下来了之后，我们一起去赛拉斯·马南家吧。"

  那天晚上八九点钟的时候，只剩下艾碧和赛拉斯两人坐在小屋里。织布匠经历了下午的事情所带来的极度兴奋之后，非常渴望拥有这样的安宁。温斯洛普太太和亚伦自然在别人走了之后仍旧留在那里，马南甚至央求他们，让他自己与他的孩子单独待着。兴奋并没有消逝，而是更加强烈，更加敏感，任何外界的刺激都令他难以忍受。这时他完全没有疲劳感，而是内心活动激烈，根本不可能睡得着觉。任何人要是见过有人经历这些时刻，都会记得，在兴奋那短暂的影响下，他们双眼亮闪闪的，粗糙的脸上表情很奇怪地一改往日的含糊茫然，变得非常明确。耳朵似乎也变得更加灵敏，仿佛听见仙乐在他们那沉重的身躯里神奇地激荡——仿佛"潺潺细语自有的美"①已经传递到了这位倾听者的脸上。

  赛拉斯坐在他的扶手椅上，看着艾碧，他的脸就如同上述的那些人

---

① "潺潺细语自有的美"：英国浪漫主义诗人威廉·华兹华斯1798年创作的诗歌《她在阳光雨露中生活了三年》（"Three Years She Grew in Sun and Shower"）里的诗句。原句为："那里有小溪旋舞奔流前进/它的潺潺细语自有一种美。"（顾子欣译）

一样改变了形象①。艾碧拉过椅子，靠近他的双膝。她身体前倾，握住赛拉斯的双手，也看着他。他们身旁被蜡烛照亮的桌子上，放着失而复得的金币——那被他长期珍爱的金币，那时候带给他唯一乐趣的金币，像以前那样，被整齐地码成摞。他过去总告诉艾碧，自己每晚如何数着金钱，他的灵魂在她到来之前又是怎样彻彻底底的寂寞孤独。

"一开始，我时不时地感到，"他声音低沉地说道，"好像你变成了金币，因为有时候我随便转过头，我似乎看到了金币。我想要是能摸到金币，发现金币回来了，我肯定会很高兴。但是那样没多长时间。过了不久，我想要是把你从我身边带走，那又是对我的诅咒，因为我已经离不开你的脸，你的声音，还有你的小手的触摸。你那时候不知道，艾碧，你还是那么个小家伙——你不知道你的老父亲赛拉斯对你的感情。"

"但是现在我知道了，父亲，"艾碧说，"要不是你，他们早就把我送到济贫院，那样就没有人爱我了。"

"哦，我的宝贝孩子，是我得到了祝福。要不是你被送来拯救我，我早就痛苦得进了坟墓了。那钱被偷走的是时候。你瞧钱还不是存在那儿，一直存着，到你需要用钱。太美妙了，我们的生活太美妙了。"

赛拉斯坐在那儿，好几分钟沉默不语，看着那钱。"金钱现在控制不了我了，"他若有所思地说道，"它们不能了。我不知道它们还会不会再次控制我。我想要是我没了你，艾碧，它可能会。我可能会觉得我又被抛弃了，又觉得上帝对我不好了。"

就在那时，响起了敲门声。艾碧不得不站起身来，没有来得及回赛拉斯的话。她走到门口开门时，满眼泪水和温情，脸颊一层淡淡的红晕，看上去非常美丽。当她看到是高弗雷·卡斯夫妇时，脸更红了。她微微

---

① 用《圣经·马太福音》17章，耶稣改变了形象的典故。原文为："(耶稣)就在他们面前改变了形象，脸面明亮如日头，衣裳洁白如光。"

行了个乡村式的屈膝礼,然后把门开得大大的,请他们进来。

"我们这么晚还来打扰你们,亲爱的。"卡斯夫人拿起艾碧的手,急切地、感兴趣而又爱慕地看着她的脸,说道。南希自己脸色苍白,浑身发抖。

艾碧给卡斯夫妇摆好椅子,然后站到赛拉斯身边,面对着他们。

"呃,马南,"高弗雷说道,口气尽量平稳沉着,"看到你丢失多年的钱又回到你手中,我深感欣慰。是我家人对不起你,这令我更加痛苦。我觉得我必须从各方面对你进行补偿。我所做的任何事情只是还债,别无他意,即便是我以前没有预见到这起偷窃。在其他方面我深蒙你的大恩,还将要蒙你大恩,马南。"

高弗雷抑制着自己。他和妻子早已商量好,他是艾碧父亲的这一话题要谨慎处之,慢慢说明。如果可以的话,应该等以后再揭开真相,可以一点点给艾碧讲。南希特意嘱咐过这一点,因为她强烈地感受到,艾碧明白自己父母亲之间的关系后,肯定会非常痛苦。

像高弗雷这样高大、强壮、衣饰华丽,大家常看到骑在马上的"上等人"对自己讲话时,赛拉斯总感到很不自在。他拘谨地回答道——

"先生,我早该多谢您。至于钱被偷的事,我看对我没有任何损失。即便我有损失,那也不是您能阻止的,您没有什么责任。"

"你也许那样看,马南,可我无法那么看。我希望你能让我照着我心里公正的感受去做。我知道你很容易满足。你工作一直都很努力。"

"是啊,先生,是啊,"马南陷入沉思,说道,"要是没有工作,我就糟透了。什么都没有了的时候,我只有工作了。"

"啊,"高弗雷听了马南的话,只简单想到他身体的需要,他说,"织布在这一带是很好的行当,因为有大量的亚麻要织成布。不过你已经过了干重活儿的时候啦,马南,你该攒点钱,歇歇了。你看上去身体虚弱了许多,虽然你还不老,对吧?"

"差不多五十五了,先生。"赛拉斯说。

"哦,嘿,你还能再活三十年。瞧瞧老梅西!桌上那钱毕竟不多。即便你拿它放贷收取利息,或是靠它生活慢慢花,都维持不了多长时间。哪怕就你一个人,不用养活家人,这钱都维持不了多长时间,何况现在你们有两个人,还要生活许多年呢。"

"呃,先生,"赛拉斯对高弗雷说的无动于衷,他说,"我不担心钱不够。我们会过得很好,艾碧和我会过得很好。没有多少干活的人能攒那么多。我不清楚对绅士们来说这钱有多少,可我看着挺多的,有点太多了。我们嘛,基本没啥需要的。"

"只是那花园,父亲。"艾碧说完脸就红到了耳朵根儿。

"你喜欢花园,是吗,我亲爱的?"南希问道,觉得话题这么一转,也许可以帮上丈夫的忙,"我们俩在这方面很一致,我把大量时间都花在花园上。"

"啊,红宅有足够的园艺活儿要做。"高弗雷说道,发现提出建议领回女儿这件事,看似近在咫尺,简单容易,实际却困难重重,他感到很出乎意料。"十六年来,你对艾碧做了很多,马南。你要是看到她衣食无忧,心里肯定会非常宽慰,不是吗?她看上去漂亮健康,可是不适合过艰苦粗糙的生活,因为她长得又不人高马大,不像是干活人家的女儿。你肯定愿意看到有人照顾她,让她过得宽裕,把她培养成淑女。比起几年之后她要过简陋的日子,她更适合这样生活。"

血涌上了马南的脸,但像一束游移的光线,又消失了。艾碧仅仅认为卡斯先生谈论的事情与现实没有任何关系,可赛拉斯的自尊心却受到了伤害,他很不自在。

"我不明白您的意思,先生。"听了卡斯先生的话,他一时不知如何表达自己五味杂陈的情感,所以这样回答道。

"我的意思是这样,马南,"高弗雷下定决心直击要害,说道,"你知道,卡斯夫人和我没有孩子。我们这么好的家,拥有的一切,却没有人享用,我们自己完全享用不完。所以我们想要个孩子做我们的女儿。我们想要艾碧,想完全把她当成我们自己的孩子看待。我希望,你经过这么多磨难把她健康养大,你年老了,要是看到她变得富有,心里将会非常宽慰。你也应该为自己所做的得到奖赏。而艾碧呢,我肯定,还会一如既往地爱你,感激你。她会经常来看你,我们也会注意,尽我们所能,让你在各个方面过得舒舒服服。"

像高弗雷·卡斯这么个直白的人,又处于尴尬的境地,很自然用词不当,比起他自己心里的意图,话说得太粗鲁,所以让敏感的心灵听起来,感觉很不中听。他说话的时候,艾碧默默地伸出胳膊,放在赛拉斯的脑后,手摩挲着父亲的头,她感到他在剧烈地颤抖。卡斯先生说完后,赛拉斯好一阵子没有说话。各种痛苦的情感在他胸中激荡,令他浑身无力。艾碧看到父亲这么受打击,心里气鼓鼓的。她刚准备俯下身安慰他,赛拉斯心里一阵恐惧的斗争却终于战胜了其他一切情绪,他虚弱地说道——

"艾碧,我的孩子,说吧。我不会挡你路的。谢谢卡斯先生和夫人。"

艾碧把手从父亲头上拿开,向前走了一步。她的脸颊涨得通红,但是这次却毫无羞涩。想到父亲对自己生疑,遭受痛苦,她克服了所有的自我意识。她先向卡斯先生,再向卡斯夫人行了个低低的屈膝礼,然后说道——

"谢谢您,夫人。谢谢您,先生。但是我不能离开我的父亲,也不会认谁,谁也不会比他更亲。我也不想成为淑女。但还是谢谢你们。"(说到这儿,艾碧又行了一个屈膝礼。)"我不能离开我熟悉的亲人。"

说最后一句话的时候,艾碧的嘴唇稍微有点儿颤抖。她又退回到父亲的椅子边,胳膊搂住他的脖子。赛拉斯低声抽泣起来,伸出手抓住了她的双手。

南希眼里噙着泪水，但是自然地，她一方面同情艾碧，一方面又因为丈夫的缘故而沮丧万分。她不敢说话，不知道丈夫心里怎么想。

像几乎我们每个人遇到出人意料的障碍时一样，高弗雷不可避免地感到焦躁恼怒。他一直充满对自己的悔恨，决心在有生之年弥补自己所犯下的错误。他满心伟大高尚的情感，一心打算采取行动，去做事先计划好、自认为正确的事情，然而他却从未打算对与自己的道德决定相抵触的、别人的情感世界进行深入理解。因此，他再次说话时，激动中难免掺杂着恼怒。

"但是我有权利要回你，艾碧，最大的权利。马南，认回艾碧做我的孩子，并妥善抚养她，是我的责任。她是我亲生的孩子，她母亲是我的妻子。我有权要回她，这个权利什么也阻止不了。"

艾碧大吃一惊，脸色变得非常苍白。赛拉斯却相反，他刚才担心艾碧和自己的想法不一样，后来听了艾碧的回答，他感到如释重负，感到心中反抗的力量被释放了出来，还带着一点儿父母亲保护子女时的那份凶猛。"那么先生，"他回答说，言辞激烈。自从年轻时希望破灭、让他难以忘记的那一天以来，他从未这样过，"那么，先生，为什么十六年前你不这样说，在我爱上她之前提出对她的权利，而不是现在像挖我的心一样要把她从我这儿带走呢？上帝因为你摔身离去不要她，才把她给了我。上帝把她看作我的女儿。你没有权利要她！一个人要是把祝福扫地出门，祝福就会降临到迎接它的人身上。"

"我知道，马南。我过去做错了。我一直对我的行为感到悔恨。"高弗雷说道，难免感到赛拉斯的话戳到了他的痛处。

"我很高兴听到你这样说，先生，"马南越来越激动，说道，"但是悔恨无法改变十六年来的一切。您来说一声'我是她父亲'并不会改变我们内心的感情。自从她会叫'父亲'以来，她一直把我叫父亲。"

"但是我想你应该更理性地看问题，马南。"高弗雷说道。织布匠直截了当说出事实，令他深感意外，颇为敬畏。"又不是把她完全从你这儿带走，你永远见不到她了嘛。她会离你非常近，还会经常来看你。她对你的感情也会跟现在一样嘛。"

"跟现在一样？"马南言辞更加激烈地说道，"怎么会跟现在的感情一样呢？我们现在吃同样的饭，用同一个杯子喝水，一天到晚想着同样的事情。跟现在一样？那是闲扯淡。你要把我们切成两半啦。"

高弗雷没有父女相处的经验，难以感受马南简朴的话里蕴含的深意，所以又感到怒气冲冲。他觉得，织布匠太过自私（那些从未检测自己的牺牲精神的人经常很快就会做出这个判断），明明关乎艾碧的幸福，他竟然反对。所以他认为，为了艾碧，他要挺身而出，运用他的权威。

"我原以为，马南，"他冷峻地说道，"我原以为，因为你对艾碧的感情，你会因为她得到对她有益的而感到高兴，哪怕需要你放弃些什么。你要知道你自己的生活朝不保夕，她这个年龄，她的命运将与她在她父亲家的截然不同，可能很快就会固定。她也许会嫁给某个身份低下的干活人，这样就算我再怎么为她打算，我也不可能令她过上有钱人家的生活。你在挡她幸福的道，虽然你付出了这么多。很抱歉我伤害了你的感情，但是我觉得，现在我有责任，一定要照顾我自己的女儿。我想尽我的责任。"

听了高弗雷最后一席话，很难说，到底是赛拉斯，还是艾碧更加感到心潮澎湃。艾碧听着她深爱的老父亲与这位不大熟悉的新父亲之间的较量，思想一直在忙乱地活动着。这位新父亲突然而至，填补上了那个拿着结婚戒指戴上母亲手指、黑乎乎看不清面容的影子的位子。她一会儿想象从前，一会儿又预想未来，猜测着刚刚揭开的父女关系意味着什么。而高弗雷最后的一番演讲中，有些话帮她更明确了她这方面的预想。然而，令她下定决心的，并不是这些关于过去未来的思想活动，而是随着赛拉斯说的每一个词而起伏跌宕的感情。姑且不论她的这种感情，单单马南所说的话也激起了她对这位新父亲以及他所提出的新命运的厌恶。

赛拉斯呢，却又一次感到很内疚，非常担心高弗雷的指责恐怕是真的，担心他自己的意愿成了艾碧幸福的绊脚石。好大一会儿，他默不作声，内心斗争着，说服自己讲出难以讲出的话。话终于讲出来了，他颤巍巍地说道：

"我不再说什么了。就按您的意思吧。去对孩子说。我什么也不会阻挠。"

甚至像南希那样感情敏锐的人，也同意她丈夫的观点，认为艾碧真正的父亲已经公开宣布自己的身份，马南留住艾碧的愿望不合情理。她觉得这确实对可怜的织布匠是个严峻的考验，但是她的思维模式认为，亲生父亲的权利毫无疑问高于养父。再者，南希一生习惯了富足的生活，习惯享有"体面"的特权，根本体会不到天生的穷人家在那些抚育孩子、培养生活习惯等事情中，小小的目标、做出的努力所带来的乐趣。在她看来，要是恢复了艾碧的继承权，她就会拥有虽然长期搁置但现在却毫无疑问的幸福。所以，当听了赛拉斯最后的话，她松了一口气，和高弗雷一样，以为他们的愿望实现了。

"艾碧，我亲爱的，"高弗雷看着自己的女儿，同时想到她已经大了，足以判断他的行为，还是有些尴尬。他说，"我们一直希望，你会热爱和感激多年来做你父亲的人。我们想帮你让他在各个方面都过得舒舒服服。不过，我们希望你也会爱我们。虽然这些年来我没有尽到父亲的责任，可我希望在我有生之年，尽我所能，好好养育你这个我唯一的孩子。我的妻子会成为你最好的母亲——那将是你以前没有过的幸福。你大了，也该知道母爱了。"

"我亲爱的，你将是我的珍宝，"南希柔声说道，"我们有了女儿之后什么都不缺了。"

艾碧没有像刚才那样，上前一步行屈膝礼。她双手握着赛拉斯的手，坚定地握着——那是一个织布匠的手，手掌和指尖敏锐地感觉到了艾碧的力量——说起话来，语气坚决，比刚才更加冷淡。

"谢谢您，夫人。谢谢您，先生，谢谢你们的好意。好意太好，离我的愿望太远。因为我要是被迫离开我父亲，知道他坐在家里想念我，一个人孤零零，我就不会有任何欢乐。我们已经习惯每天一起高兴，没有他我就没有幸福。他常说，我被送给他之前，他在这个世上无亲无故，我要是走了，他什么也没了。而且，他从一开始就照顾我、爱护我，只要他活着，我就会一直陪伴他，谁也别想把我和他分开。"

"可是你要搞清楚，艾碧，"赛拉斯低声说道，"你要搞清楚不会后悔，因为你选择了待在穷人堆里，穿穷人的衣服，用穷人用的东西，而你本来会得到最好的一切。"

听了艾碧充满情感和诚实的话语，他对这一点更加关心。

"我永远也不会后悔，父亲，"艾碧说，"好东西我不知道，也不希望有，因为我不习惯。我不会穿好衣服，不会坐马车，不会在教堂坐尊贵的位子，因为那样会让他们以为我不喜欢跟他们待在一起。这样的话，我还在乎什么呀？"

南希受伤而又疑惑地看着高弗雷，但是高弗雷的眼睛却盯着地板，把手杖头动来动去，似乎在心不在焉地思考着什么。南希觉得有些话也许她比他要好说一些。

"你说的很自然，我亲爱的孩子，你不愿和抚养你长大的人分开，这很自然，"她温和地说道，"但是你对你的亲生父亲也有责任。无论你做何选择，你也许都要放弃很多。当你父亲向你打开家门，我认为你不应该置之不理。"

"我感受不到那个，因为我只有一个父亲，"艾碧冲动地说道，眼泪溢上眼眶，"在我心里一直有一个小小的家，他坐在家的一个角落，我照顾他，为他做任何事。我想象不到还有什么别的家。我并没有被培养成一个淑女，我也不想成为淑女。我喜欢干活的乡亲，喜欢他们的饭，喜欢他们的方式。还有，"她激动地说了最后一句，眼泪也掉了下来，"我已经答应嫁给一个干活人，他会跟我父亲住在一起，帮我一起照顾他。"

高弗雷抬眼看着南希，满脸通红，双眼大睁，眼神痛楚。他本来自以为心存高尚，打算某种程度上弥补自己一生中最大的过失，现在却绝望沮丧。他感到屋子里的空气令人窒息。

"我们走吧。"他说，声音很低。

"我们现在不谈这个了，"南希起身说道，"我们对你是好意，我亲爱的——还有，对你也是，马南。我们会再来看你们。现在天太晚了。"

就这样她掩饰了丈夫的突兀，因为高弗雷已经直接走到门口，再也说不出话来。

第二十章

南希和高弗雷趁着星光，默默走回家。一进那橡木装饰的客厅，高弗雷一屁股坐到椅子上，南希则解下软帽和围巾，站在壁炉旁丈夫的身边，不愿离开他哪怕一会儿；可又不敢说话，害怕刺激他。终于，高弗雷朝她转过头来，他们的眼神相遇了，一动不动看着对方。相互信任的夫妻之间安静地相互注视，似乎是他们从极大的疲惫之中得到解脱，或逃离了巨大的危险之后，平静下来或找到避难之所的第一个瞬间做的事情——言语或行动都无法打扰他们享受刚刚到来的平静。

但是很快，他伸出手。当南希把自己的手放在他手里时，他把她拉向他，说道——

"结束了！"

她俯身吻了吻他，然后站起身，说道："是啊，恐怕我们得放弃要她做女儿的希望。不顾她的意愿强迫她来我们家，是不对的。我们无法改变她的成长，改变她成长的结果。"

"是不能，"高弗雷说，语气很干脆，和他以往说话漫不经心、平铺直叙很不一样，"有些债不像借了钱，无法通过多还点来偿还溜走的岁月。我一直拖啊拖,树一直在长——现在已经太晚了。马南说得对,一个人把祝福扫地出门,祝福就降临到别人身上。我曾经假装自己没有孩子,南希——现在我也将不如愿,假装没有孩子度过余生。"

南希没有立即说话,但是过了一小会儿,她问道:"那么,你不会让大家都知道,艾碧是你的女儿吧?"

"不会,对谁有什么好处?只有伤害。我必须尽我所能,为她选择的生活做些什么。我得弄清楚她想和谁结婚。"

"要是让大家知道,没什么好处,"南希说,她觉得现在可以放心松口气,说出她刚才努力没说的感觉,"那么我太感谢了,父亲和普丽西拉除了登塞的事儿之外,就不会为知道过去的事情而烦恼了。他们知道登塞的事儿不可避免。"

"我要把这写进遗嘱里——我想我要把它写进遗嘱里。我不愿意像登塞这样,让真相自己暴露出来,"高弗雷若有所思地说道,"不过现在讲出来只会带来困难,再没别的。我得尽我所能,让她用自己的方式过得幸福。我知道了,"停顿了一会儿之后,他补充道,"她打算嫁的人是亚伦·温斯洛普。我记得看见他和她还有马南一起离开教堂。"

"哦,他这人头脑冷静,也很勤快。"南希说,尽可能快活地看待这件事。

高弗雷再次陷入沉思。很快,他抬起头,悲伤地看着南希说道——

"她是个很漂亮、很好的姑娘,对吧,南希?"

"是啊,亲爱的。长着跟你一模一样的头发和眼睛。我纳闷怎么以前没有注意到。"

"我想,她想到我是她的父亲,就很讨厌我。我看见说了这个之后,她对我马上变了。"

"她是忍受不了不把马南当父亲。"南希说,不愿加深丈夫痛苦的印象。

"她是觉得我做了对不起她母亲和她的事情。她把我想得比我本身更坏。她肯定那样认为。她永远不知道事情的全部。我的女儿厌恶我,这是对我的惩罚的一部分,南希。我那时如果一直忠实于你,要是我没做傻事,我也就不会陷入这个困境了。在那场婚姻中,我无权期待别的,只有邪恶。当我逃避了做父亲的责任的时候,也是这样。"

南希沉默不语。她秉承正义的精神,认为人忏悔时应该彻底,所以并没有试图打断高弗雷对自己良心公正的谴责。过了一小会儿,他又开口了,不过语气完全变了,先前的自责中夹着温柔。

"虽然一切不如意,我还有你,南希。我以前因为没有别的一些什么,总是牢骚满腹,焦躁不安,好像我配得到那些似的。"

"你永远不会失去我,高弗雷,"南希带着真诚安静地说道,"如果你听从命运的安排,我也就没有什么烦心事了。"

"也许还不太晚,可以做些补救。但是有些方面已经无法弥补,虽然人常说干什么都为时未晚。"

第二天早晨,赛拉斯和艾碧坐在一起吃早餐的时候,赛拉斯对她说道——

"艾碧,这两年我心里一直想着一件事,现在钱又找回来了,我们可以做这事儿啦。晚上我脑子一直转啊转,我想天气一直很好,咱们明天出发吧。把家里所有事情交给你教母打理,咱们打个包裹,然后出发。"

"去哪里,爸爸?"艾碧感到非常惊讶,问道。

"去我老家——去我出生的镇子——在灯笼大院。我想见见帕斯顿先生,那个牧师。也许真相已经大白,他们已经知道我并没有偷钱。帕斯顿先生是个明白人,我想跟他说说抓阄的事。我想跟他谈谈这里乡间的宗教,因为我觉得他可能不知道这些。"

艾碧非常高兴,因为她不仅有望到一个陌生的地方,看到奇妙好玩的人和事,而且回来还可以对亚伦讲。亚伦在大多事情上都比她聪明得多——这次小胜他一次,该多么令人愉快啊。温斯洛普太太虽然有点担心这么长的旅途会有危险,再三询问,确信路途不超过两轮送货车和慢速四轮马车所走的范围,但还是非常高兴赛拉斯能重回故里,弄清楚是否已经洗刷掉被错误指控的罪名。

"回去看看,你的余生心里会好过一些,马南师傅,"多莉说,"你会的。要是你说的那个大院的人变明智了一些,那就好,我们在这世上还是需要这样。要是你能带回来消息,知道他们变明智一些,我会很高兴。"

这样,四天之后的这个时候,赛拉斯和艾碧穿着他们最好的衣服,拎着一个蓝色亚麻布的小包袱,已经走在一个很大的工业城镇的街道上了。故乡三十年的变化令赛拉斯晕头转向,他已经接连打问了好几个人,问这个城镇的名称,这样才有点确信他没有搞错。

"问灯笼大院在哪儿,父亲,问那个肩膀上有流苏、站在商店门口的绅士吧。他不像其他人那么匆匆忙忙。"艾碧说。父亲的困惑让她有些担忧,而且,置身于闹哄哄、人来人往、拥有众多陌生而冷漠的面孔的街市之中,也让她感到心神不宁。

"呃,我的孩子,他不会知道的,"赛拉斯说,"绅士们从不上作坊里去。要是碰巧有谁能告诉我去监狱街怎么走就好了。监狱在那条街上。到那儿我就会像昨天刚走过一样,知道路怎么走了。"

拐了好多弯儿,问了好多次路,他们才艰难地找到了监狱街。首先看到的监狱那阴森的高墙和赛拉斯记忆相符,令他欢欣鼓舞。城镇名称一直不能使他确信这里就是故乡,而现在,他确信自己确实回到了故乡。

"啊,"他长舒一口气,说道,"这就是监狱,艾碧。还是老样子,现在我不担心了。从监狱门口左手第三个拐弯处,这是我们要找的路。"

"哦,这地方多暗多脏啊!"艾碧说,"天都被遮住了!这里比济贫院还要糟。我很高兴你现在不住在这个城镇了,父亲。灯笼大院是不是也像这条街一样?"

"我的宝贝孩子,"赛拉斯微笑道,"灯笼大院不像这条街这么大。我自己走在这条街上也老感到不自在,但是我喜欢灯笼大院。这儿的商店都变了,我想,我都认不出来了。不过我知道在哪儿拐弯,因为是在第三个。"

"就是这儿,"当他们来到一条窄窄的小巷时,他满意地说道,"接下来我们又得向左,然后一直往前一点,上鞋巷,然后我们就会来到凸窗旁边的入口。入口路上有V字形、让水流过的凹口。呃,我都看见啦。"

"哦,父亲,我觉得快要窒息了,"艾碧说道,"我无法想象这些人这么住,挨得这么近。我们回去后,肯定觉得采石坑漂亮极了!"

"现在我看着也古怪,孩子。味儿也难闻。我觉着过去不这么难闻。"

到处都能看到阴郁菜色的脸从阴森森的门口望着陌生人,这加剧了艾碧的不安。所以当走出小巷,进入鞋巷时,他们长长地舒了一口气,这儿能看到一片宽一些的天。

"哎呀!"赛拉斯说,"啊,有人从作坊里出来了,好像这时候要去小教堂——在周内的中午!"

突然他吃了一惊,呆呆站在那儿,显得又悲伤又震惊,吓坏了艾碧。他们正站在一家大工厂的入口处,男男女女正鱼贯穿梭去吃午饭。

"父亲,"艾碧紧紧抓住他的胳膊,说,"怎么啦?"

但是她问了一遍又一遍,赛拉斯才回答了她。

"不见了,孩子,"终于,他极其痛苦地说道,"灯笼大院不见了。它肯定就在这儿,因为这儿有带凸窗的房子——我知道——这个和以前一模一样。可是他们开了这个新出口。看那个大工厂!全不见了——小教堂还有其他一切。"

"去那个小刷子店坐一会儿吧,父亲。他们会让你坐一会儿的,"艾碧说,总是密切关注,预防父亲奇怪的病再次发作。"也许那儿的人会告诉你所有事情。"

然而刷子匠到鞋巷才十年,那时候工厂已然造好,还有其他他能打听的人,都无法告诉赛拉斯老灯笼大院他的朋友们以及牧师帕斯顿先生的情况。

"老地方被一扫而光了,"回到家的那天晚上,赛拉斯对多莉·温斯洛普这样说道,"那个小教堂墓地,还有一切。老家不见了。现在我除了这个家之外再没有家了。我永远也不会知道他们是否弄清偷钱的真相,是否帕斯顿先生能让我明白抓阄的意思。我不清楚这个,温斯洛普太太,不清楚。我怀疑到死都弄不清楚啦。"

"是啊,马南师傅。"多莉说。她坐在那儿听着,神态安详,鬓角已经灰白。"恐怕是这样。这是天上的神们的意愿,让咱们许多事情都搞不明白。但是有些事情我从未感到不明白,我干活的时候,常想起那些事情。你曾经被人冤枉过,马南师傅,而且你似乎不知道你被冤枉有什么正确的理由。可这不妨碍有正确的事情,马南师傅,因为对你我来说啊,一切都不明白。"

"对,"赛拉斯说,"对,没有妨碍。自从这孩子被送到我身边,我开始爱她像爱我自己,我就已经有了足够信赖的光。现在她说永远不会离开我,我会信赖到死。"

在拉维洛,一年中有个时间,尤其适合举行婚礼。那是当老式花园里大大的紫丁香和金链花在长满地衣的墙上展露它们紫色和金色宝藏的时候,那是当小牛犊还太小,需要喝掉一桶一桶香甜的牛奶的时候。这时,做奶酪、割草的繁忙季节还没有完全到来,所以人们还不太忙。此外,这还是可以穿轻便舒适的新娘礼服,展露身材的好时间。

真幸福,艾碧结婚的那天早晨,阳光比以往更加温暖地洒落在紫丁香丛中,所以她的礼服非常轻便。虽然总是克制自己,但她不免常想,完美的婚纱应该是白色的棉布做的,上面松散地点缀着小小的粉红花枝。所以当高弗雷·卡斯夫人再三央求,表示要给她做婚纱,并让她自己选择的时候,以前的想法让她立刻给出了一个果断的答案。

从不远处看着她穿过教堂庭院,一路走过村庄,身着一袭纯白衣裙,头发如同百合花上的一簇金。她一只手挽着丈夫的胳膊,另一只手紧握着父亲赛拉斯的手。

"你没有把我给出去,父亲,"进教堂之前她对父亲说,"只不过是亚伦成了你的儿子。"

多莉·温斯洛普与她丈夫走在后边,这个小小的婚礼行列到此为止。

许多双眼睛看着他们。普丽西拉·兰默特小姐很高兴,她和父亲恰巧驾车到红宅门口，刚好看到这么一幅美景。他们今天来陪伴南希，因为卡斯先生由于某种特殊原因去了莱塞利。这似乎是个缺憾，因为他本来也该像克拉肯索先生和奥斯古德先生一样，来参加他自己在彩虹定好的婚宴。他对织布匠非常关心，这很自然，因为他的家人亏待了人家。

"我本来希望南希也能有幸得到那样一个孩子，把她养育成人，"他们坐在二轮单马车上时，普丽西拉对父亲说道，"本来除了羊羔和牛犊，我应该还有小辈可以顾念的。"

"是啊，我亲爱的，是啊，"兰默特先生说，"人老啦，就会那样想。老年人看东西越来越模糊，需要年轻人的眼睛帮他们看，让他们知道世界还是老样子。"

南希走出门来迎接父亲和姐姐，而新郎新娘一行人早已经过红宅，走到村子里卑微简陋的那一带。

多莉·温斯洛普第一个看见老梅西先生。他正坐在自家门外一张扶手椅中，期望他们经过时能特别注意到他，因为他太老了，不能去参加婚宴。

"梅西先生想听我们跟他说说话，"多莉说，"要是我们经过他身边一句话也不说，他会难过的，而且他被风湿病害得好苦。"

所以，他们走过去和老人握了手。他一直期待这样的场面，事先早已准备好了演讲词。

"哎呀，马南师傅，"他声音颤巍巍地说，"我活到了看见我的话应验了的时候。我是第一个说，你这人没什么害处，虽然你的外表看上去并非如此。我也是第一个说你的钱还会找回来的人。这再正确合适不过了。本来我很愿意在这次神圣的婚姻仪式上说'阿门'，但是现在图凯已经干了很长时间了。不管怎样，我祝你们有大好运气。"

彩虹酒馆门前开阔的庭院上，客人们已经聚集起来，虽然离预定的宴会时间还有将近一小时。不过这样他们不仅能够享受快乐慢慢降临，还有充足的闲暇谈论赛拉斯·马南稀奇的历史，然后又在某种程度上达成结论：他对一个失去母亲、孤苦伶仃的孩子担当了父亲的职责，也给自己带来了幸福。就连那爱钻牛角尖的蹄铁匠，也没有反对这个结论。相反，他将这个论点据为己有，还请在场任何哪个勇敢的人，看谁能够驳倒他。不过，没有人反驳他。大家的分歧最后也都消融在斯奈尔先生的观点之中，那就是，要是某个人值得得到好运，那么他的邻居们就该祝他幸福快乐。

当新娘新郎一行到达时，彩虹庭院响起一阵诚挚的欢呼声。本·温斯洛普的笑话仍旧保留着受人欢迎的风味，他觉得不需要去采石坑安静休息片刻再来与大家会合，认为现在就留在彩虹，接受大家道贺更为适宜。

现在，艾碧拥有一个比她原来期望的更大的花园。其他方面，房东卡斯先生出钱，做了一些改动，以适应这个人员增多的家庭。因为赛拉斯和艾碧声明，他们宁愿住在采石坑，而不愿去任何新家。花园两边用石头垒成墙，前面却是通透的篱笆。当四个人一起回到家中时，他们看到朵朵花儿透过篱笆，兴高采烈地绽放，迎接他们。

"噢，父亲，"艾碧说，"我们家多漂亮啊！我觉得没有比我们更幸福的了。"

《拉维洛的织匠马南》是英国作家乔治·艾略特创作的中篇小说,首次出版于1861年。在这本小说里,作者讲述了织布工人马南曾受好友诬陷,对人和上帝丧失了信任,后通过金币失窃、收养迷途孤女等事件,重新体会到了人间温暖和同情的故事。作者以细致的笔法刻画了不同人物的心理变化与历经的苦痛,以写实的笔触,揭露了当时的社会状况,提出了对当时陈腐的道德标准的质疑。

  《拉维洛的织匠马南》基本主题是展现善与恶的冲突,并通过善恶的对比,褒善贬恶。作品忠实于社会生活实际,对现实进行了准确细致的解剖,因而真实反映出在资本主义发展的冲击下,英国农村自然经济日趋崩溃,独立手工业者的没落状况。作家对善良、朴实而又深受苦难的劳动者寄予了深厚的同情。马南勤劳质朴,秉性善良,富于同情心。他一再遭到命运的沉重打击,受到不公正社会的伤害,但他身处绝境,仍能保持优良的品性和崇高的道德力量。这是一个十分动人的形象。

  乔治·艾略特,原名玛丽·安·伊万斯(Mary Ann Evans),出生在华威郡一个中产阶级商人家庭。三十几岁时,她从事翻译工作,从而开始了她的文学生涯,之后还担任了杂志《西敏寺评论》的编辑。艾略特年近四十岁才开始写作，刚开始是在杂志上发表文章。1859年，才真正发表她的第一部长篇小说《亚当·比德》。这部小说一年内再版了八次，受欢迎程度不在话下。1859年以后，她发表了两部极为成功、著名的《织工马南传》与《弗洛斯河上的磨坊》，奠定了她在英国文坛的地位。之后，1863年的《罗慕拉》，1866年的《菲力克斯·霍尔特》，1872年的《米德尔马契》，1876年的《丹尼尔·德龙达》，更是奠定了她"英语文学史上最伟大的小说家之一"的地位。同时，她是将法国现实主义创作理念引进英国的第一人，并因细腻的心理描写而受到20世纪以来文学批评界的尊崇。

  我们一直比较喜欢乔治·艾略特的作品，也盼望有一天能有机会亲笔翻译一部她的作品。在翻译方法的选择方面，我们一直秉承"翻译忠实于原作"的原则，而没有选择更为激进的翻译理论作为支撑。我们认为，作品是作者独特的思想世界的表达，承载了作者的思想与审美：一部作品能够得到广大读者的喜爱，正是作者的思想和审美引起了读者的共鸣，并因此提高了读者的认知，丰富了他们的体验。因此，译者恰恰要把这些更加原汁原味地呈现在读者的面前。我们所追求的，是让我国读者在读这本小说时，进入这位作家所描绘的英国19世纪维多利亚时期的精彩世界，领略各个人物的悲欢离合，从而引发读者对人生严肃的思考。

  刚开始筹划翻译这本小说时，国内中文译本比较少。于是，我们在工作之余便开始了此书的翻译。译稿几年前早已完成，其中王晓燕老师翻译了约10万字，刘小强老师翻译了约6万字，还包括初稿校对工作。这期间我们一直联系出版机构，但因种种原因一直未能出版面见读者。今年，译稿有幸被西北大学的出版计划选中，得以出版。因此，我们在这里向西北大学出版社致谢！我们衷心感谢西北大学出版社的张运琪主任和责任编辑郑女士，他们对此译本提出的许多中肯的建议和意见，他们的耐心、责任心和专业态度，都让我们受益良多。

最后，向支持和帮助这本书出版的所有朋友致谢。同时也恳请读者朋友们不吝赐教，批评指正。

译　者

2023年11月于杨凌